Nur ein Röcheln

Der Fall eines Schicksalshörigen

von

Satgyan Alexander

© 2017 Satgyan Alexander
Umschlaggestaltung Satgyan Alexander

Verlag und Druck: tredition GmbH, Halenreie 42, 22359 Hamburg

ISBN
Paperback: 978-3-7439-3401-6
Hardcover: 978-3-7439-3402-3
e-Book: 978-3-7439-3403-0

Vorbemerkung

Nur ein Röcheln, ist der Schicksalsbericht eines Außenseiters. Es ist das dritte Buch einer Trilogie des Autors Satgyan Alexander.

In den Büchern Zeit für Kundalini, veröffentlicht 2013, und Liebe, Literatur und andere Leidenschaften, 2016, konnte der Leser den Protagonisten kennen lernen, wie er gemeinsam mit sechs Individualisten in einer Wohngemeinschaft auf der Suche nach Nähe und Anerkennung die Zeit verbrachte.

Die sieben Kommunarden versuchten in der Gruppe und auch in Zweierbeziehungen der Isolierung und Langeweile in einer globalisierten Welt zu entkommen. Sie beschritten esoterische Wege mit einer Kundalini Meditation und ließen sich von einem Bühnenstück über den Existenzialismus von den unbegrenzten Freiheiten der Philosophie verzaubern.

Von Selbstsucht verführt, werden sie im vorliegenden Band vom Schicksal gezwungen ihre latent unsichere Gemeinschaft aufzugeben.

Der Roman beginnt mit dem Mord an Hans, dem Initiator der Wohngemeinschaft, der hinterhältig von dem Protagonisten, seinem androgynen Freund Andro, erschlagen wird. In kurzer Folge wird der Leser dann Zeuge eines weiteren Verbrechens in der Berliner U-Bahn.

Auf der Flucht vor sich selbst begeht Andro, von seiner traumatischen Vergangenheit verfolgt, in Ligurien noch zwei grausame Morde, die schließlich zu seiner Festnahme führen.

Die umsichtige Ermittlungsarbeit des Kommissars Petersen in Berlin überführt am Ende nicht nur den Täter, sondern bringt auch Licht in die Hintergründe dieses ungewöhnlichen Schicksals.

1. Kapitel

Es war nur ein Röcheln, kein Schrei, ein dumpfer Aufprall auf dem Boden. Der Raum war noch erfüllt von dem ersticktem Laut und dem Dröhnen des Aufpralls, als Andro sich aufrichtete und mit forschendem Blick über die Einrichtung der Eingangshalle in die transparente Wirklichkeit seiner Gegenwart zurückkehrte. Da standen die bequemen Sessel mit den dunkelroten Bezügen und der mit Brokatstoff bezogene Ohrensessel, in dem das Opfer, das nun auf dem Boden lag, so gerne seine Zeitung gelesen hatte. Sein Blick wanderte durch die Diele, blieb an dem mundgeblasenen Kronleuchter aus Murano und an der Anrichte haften, auf der er zur Einweihung der Wohngemeinschaft - wie viele Jahre waren eigentlich seitdem vergangen? - köstliche Salate und Desserts aufgetürmt hatte. Er hatte alle Rezepte vorher ausprobiert und die allseitige Bewunderung tat ihm damals sehr gut.

Ein Kälteschauer ließ ihn frösteln. Unmerklich schüttelte er den Kopf und zuckte mit den Schultern, während er vor sich hin brummte, verdammter Mist, warum musste der nun wieder Probleme machen, selbst am Ende noch.

Er stand jetzt neben dem Körper, der mit dem Bauch auf dem Holzboden lag, die Schultern unnatürlich verdreht. Das seidene, graue Oberhemd war aus der Jeanshose gerutscht, die von einem schwarzen Ledergürtel gehalten wurde. Andro sah einen Streifen entblößter Haut des Unterleibes, angeekelt wandte er sich ab. Der Kopf des Toten war seitlich nach links verdreht. Ein feiner, dünner Blutfaden rann von der kahlen Stelle des Hinterkopfes über den grauen Haarkranz, vorbei am rechten Ohr und tropfte auf das helle Eichenholzparkett, wo das Blut einen dunklen Fleck bildete. Das Werkzeug, eine Bronzefigur hatte er noch in seiner rechten Hand, ohne das Gewicht zu spüren.

Er richtete sich auf, ging einen Schritt zurück, stellte die Skulptur, *Die Kleine Stehende* von Giacometti auf den Sockel zurück, schüttelte erneut den Kopf, griff sich an die Stirn, während er vor sich hinmurmelte, eigentlich war er ja ein lieber Kerl gewesen, aber leider, leider zu aufdringlich, besonders in der letzten Zeit, und in dem Alter...... es war einfach unappetitlich. Egal. Soll ich ihn nun bedauern? Ich weiß nicht. Warum auch? Vielleicht hätten wir eine Trennung versuchen sollen.... ach Quatsch, vorbei ist vorbei. Es war ja auch nicht nur der Sex! Wir waren einfach zu sehr miteinander verwoben, leider auch geschäftlich....und schon zu lange zusammen, mindesten zwei Jahre zu lange.

Er drehte sich um, ging zu dem Ohrensessel, auf dem die karierte Wolldecke lag, die der Erschlagene zu Lebzeiten um seine Schultern zu legen pflegte, faltet sie auseinander um den Toten aus seinem Gesichtsfeld zu verbannen.

Er stand über den Körper gebeugt, vor dem er sich erneut ekelte. Regungslos lag der da, ruhig, unfassbar ruhig. Er rollte ihn auf den Rücken und sah in das Gesicht mit den feinen Zügen, der hohen Stirn, den geschwungenen, vollen Lippen und den offenen, graugrünen Augen, schon entseelt, schreckhaft aufgerissene, erstaunt blickende Augen.

Ach Hans, brachte er leise anklagend den Namen des Toten heraus, der ihm Vaterersatz und ein guter Freund gewesen war. Ich kann nichts dafür, stieß er hervor, du, du hast mir die Freiheit genommen. Scheiße, Scheiße, Scheiße, aber nun es ist geschehen und er warf die ausgebreitete Decke mit Schwung über den Toten. Unter der Decke verblasste das Geschehene schon zu einem ganz natürlichen Tod, fand er.

Vergiss es und hör endlich auf zu lamentieren, redete er auf sich ein.

Mit so etwas wie Gewissen hatte er schon längst Schluss gemacht, er musste jetzt nur seine innere Ruhe wieder finden.

Jetzt muss ich überlegen, wie ich dich loswerde. Ich könnte dich von dem Balkon werfen, der auf den Innenhof geht, das sieht dann nach Selbstmord aus, aber nein, er schüttelte heftig seinen Kopf, das geht nicht, einer der Mieter könnte mich bei der Entsorgung aus einem Küchenfenster beobachten. Oder ich lass es wie ein Unfall aussehen, als wärest du von der Leiter gestürzt und auf den Hinterkopf geknallt, nur, wo ist eine Leiter? Soweit ich mich erinnere, gab es in der Wohnung nur einen kleinen Tritt mit 3 Stufen. Ach, das ist doch alles zu aufwendig, zu viel Theater.

Ich lass dich einfach liegen und verschwinde. Hoffentlich hat mich niemand gesehen oder gehört. So ein Aufprall des Körpers könnte in den anderen Wohnungen schon gehört worden sein, vielleicht auch nicht. Noch ist alles ruhig. Vielleicht sollte ich in der Wohnung oben läuten?

Blöde Idee, er schüttelte den Kopf über diese Dummheit. Bleib einfach ganz ruhig und verschwinde. Hab´ ich irgendwo hier was angefasst? Fingerabdrücke hinterlassen? Wann war ich eigentlich das letzte Mal bei Hans?

Ach ja, das sind schon ein paar Tage her. Also jedenfalls nicht gestern oder vorgestern. Dann wär's das Beste, ich verschwinde, stecke die Bronze in den Rucksack, dann gibt's keine Fingerabdrücke und kein Tatwerkzeug.

Er verstaute die Statue, warf die Last über die rechte Schulter und näherte sich der zweiflügeligen, massiven Wohnungstür, als er aus alter Gewohnheit noch einen Blick in den großen, über zwei Meter hohen Theaterspiegel warf, der gerahmt von den braunschwarzen, etlichen Zentimeter breiten Profilen neben der Garderobe an der Wand lehnte. Er erstarrte. Wie oft hatte er sich in dem Spiegel beiläufig gesehen, als er hier noch in der WG wohnte, beim Verabschieden von Gästen und Mitbewohnern.

Aber jetzt? Wie angenagelt stand er davor und betrachtete seine dünne Gestalt in der antiken Spiegelscheibe, mit dem

Rucksack über der rechten Schulter. Sein Gesicht war bleich, wie Wachs. So hatte er dieses Gesicht noch nie gesehen, dabei hatte er oft vor Spiegeln gestanden, minutenlang, um liebevoll sein Aussehen zu prüfen. Aber jetzt sah er einen Anderen. Seine Augen blickten ihn eiskalt an. Die Lippen waren wie ein Strich, sogar die Nase wirkte fremd und übergroß durch das grelle Licht der Nachmittagssonne, die durch ein farbiges Jugendstilfenster das Gesicht in ein fahles Grün tauchte. Die Nasenflügel bebten. Die Wangen waren eingefallen.

Er versuchte ein Lächeln. Es gelang nicht. Warum sollte er auch lächeln, verwarf er den Reflex. Er blickte an sich herunter. Der lange, graue Regenmantel bedeckte seine zierliche, feminine Gestalt und er bemerkte noch, wie gut die neuen Lederstiefel zu dem Mantel passten.

Bevor er sich vom Spiegelbild abwandte, strich er mit der Rechten über seine blonden Locken, die er seit einigen Wochen wachsen ließ. Sein Äußeres war in der letzten Zeit männlicher geworden, stellte er zufrieden fest, vor allem seit der Entfernung der Brustimplantate.

Als er Schritte aus dem Treppenhaus hörte, die von unten näher kamen, fuhr er erschreckt zusammen. Er lauschte. Die Schritte waren jetzt direkt vor der Wohnungseingangstür und entfernten sich in das nächste Geschoss. Er hörte, wie eine Tür geöffnet wurde und das Schließen der Tür, dann Schritte in dem Geschoss über ihn, das Knarren von Holzdielen. Unbewusst hatte er den Atem angehalten, er spürte seinen Herzschlag deutlicher. Dann atmete er wieder tief ein, um sich zu beruhigen. Es war nun höchste Zeit, er musste unbedingt verschwinden.

Vorsichtig, so leise es ging, öffnete er die Eingangstür, blickte hinaus und lauschte in das geräumige Altbautreppenhaus mit dem Aufzug in der Mitte der dreiläufigen Treppe. Jetzt war es ruhig im Haus.

Langsam trat er auf das Podest, es knarrte, behutsam zog er die schwere Tür hinter sich so zu, dass der Schnäpper nicht zu hören war. Er überlegte, ob er den Aufzug, mit dem er die zwei Geschosse hochgefahren war, nehmen sollte, aber es würde Lärm machen und ihn womöglich verraten. Er entschied sich für die Treppe. Die Treppe führte in drei Läufen um den Aufzug herum. Er wandte sich nach links zu dem ersten Lauf mit acht Stufen, dann folgten ein Podest, weitere vier Stufen, wieder ein Podest und die restlichen acht Stufen bis zur ersten Etage. Vorsichtig ging er an der Wand entlang um das Knarren der alten Eichenstufen zu vermeiden.

Am Fuße der Treppe, nachdem er die vierzig Stufen überwunden hatte, fiel ihm in der kühl gestalteten Vorhalle mit den drei Marmorstufen noch rechtzeitig ein, dass er die Schließautomatik der alten, schmiedeeisernen Jugendstiltür daran hindern musste, zu zufallen. Er presste sich von außen vor dem Zuschlagen gegen die schwere Tür.

Als er dann endlich auf den alten Quadratmeter großen Granitsteinplatten des Bürgersteiges stand, sog er mit scharfem Ton die frische Herbstluft ein und überlegte mit halblauter Stimme, ob er nach rechts oder links gehe sollte, nach links wäre er in zehn Minuten an der nächsten U-Bahn-Station.

2. Kapitel

Noch in seinen Überlegungen versunken, fixierte er aus alter Gewohnheit den Eingang des gegenüberliegenden Supermarktes und bemerkte mit leisem Schrecken einen alten Kumpel der ehemaligen Wohngemeinschaft, der mit vollen Tüten aus dem Bollemarkt herauskam.

Es war Markus, der wie angewurzelt stehenblieb, ihm mit dem Kopf zunickte und mit den Tüten in der Hand Gesten der Umarmung machte. In einer silberfarbenen Steppjacke sah er aus, als hätte er 20 Kilo zugenommen, auch sein Gesicht wirkte aus der Ferne gut genährt. Das konnte auch an dem Hut mit der kleinen Krempe und der eigenartig braunen Farbe liegen. Andro suchte unbewusst nach überflüssigen Erklärungen, um seinen Schreck vor sich selbst zu verbergen. Es blieb ihm trotzdem keine Wahl.

Er ging über die Straße und begrüßte ihn mit, Hallo, Markus, du bist in Berlin? Das ist schon eine Überraschung! Ich dachte, du lebst jetzt immer in Portugal, dabei berührte er leicht die linke Schulter von Markus mit seiner Rechten und blickte ihn ganz unbefangen in die Augen.

Ja, ich bin mal wieder in Berlin, du sagst es, Andro, platzte Markus in seiner fröhlichen Art heraus. Das ist wirklich eine tolle Überraschung! Was machst du eigentlich hier? Markus sah ihn fragend an, redete aber sofort weiter, wie lange haben wir uns nicht mehr gesehen, seitdem du im letzten Sommer mit dem Rest der alten WG bei mir in Portugal warst?

Andros Augen ruhten während des Redeschwalls bedeutsam nichtssagend auf ihn.

Markus war nicht zu bremsen. Ja, weißt du, fuhr er fort, in dieser Jahreszeit ist es da unten an der Algarve auch ziemlich kühl und ich habe noch eine kleine Wohnung hier in der Nähe, in der ich überwintere. Du musst mich unbedingt mal besuchen.

Dann konnte er seine Neugier nicht zurück halten, warst du drüben bei Hans in seiner tollen Altbauwohnung? und er blickte ihn fragend an.

Jaja, ich wollte Hans eigentlich besuchen, reagierte Andro etwas zögernd, aber er ist leider nicht da. Ich habe geklingelt, aber es hat sich nichts gerührt. Weißt du etwas von ihm, Markus? Was er so treibt? Ich hätte ihn gerne mal wieder gesprochen. Du weißt ja, uns verbindet eine schwer zu beschreibende Beziehung.

Er zögerte und überlegte, ob er noch etwas Bedeutsames sagen sollte, aber sein Bauchgefühl drängte ihn zu einem unverbindlichen Abschied.

Tja, Markus, war schön dich zu sehen. Ich wollte gerade zur U-Bahn, muss noch was erledigen. Schade, dass ich den alten Hans nicht angetroffen habe, rang er sich noch ab und dann, mach´s gut. Er sah Markus lange und intensiv an, lächelte noch kurz und wandte sich ab.

Bereits einige Meter entfernt, drehte er sich nochmal um, wo wohnst du eigentlich? Hab ich deine Adresse? Ach was, lass mal, ich habe ja deine Telefonnummer, ich rufe dich an, wenn ich dich besuchen möchte.

Das war toll dich wieder zu sehen, Andro! rief Markus dem davon Eilenden hinterher und, wir treffen uns, das machen wir! Du rufst mich mal an, ja?

Während Andro mit schnellen Schritten in Richtung U-Bahn lief, brummte er in sich hinein, so ein Mist, muss der nun auch gerade auftauchen. Naja, vielleicht kann ich ihn mal als Alibi benutzen, wenn es nötig sein sollte. Der Markus ist ja naiv, der kann dann bestätigen, dass ich dort geklingelt habe und keiner aufgemacht hat.

Das Gewicht im Rucksack drückte an seine Schulter und er wechselte die Bronze von der rechten auf die linke Seite.

Hoffentlich hat Markus den Rucksack nicht bemerkt, ging ihm noch mal das Zusammentreffen vor dem Supermarkt durch den Kopf und im gleichen Moment empfand er auch das Gewicht noch drückender. Mit ausgreifenden Schritten, ohne auf die Entgegenkommende zu achten, eilte er unter dem Schatten der Bäume dahin.

Vor seinem inneren Auge tauchte die Szene mit Hans auf, der Zusammenstoß. Wieso kam es nur zu dem Zwischenfall? Warum war ich eigentlich ausgerastet? Wir hatten uns doch anfangs ganz vernünftig unterhalten…. Aber, wie er sich jetzt erinnerte, war er bereits seit Tagen ziemlich sauer auf Hans gewesen und mit 'nem aggressiven Gefühl, einer unterdrückten Wut hingegangen.

Ach ja, da war doch noch dieses Telefonat mit Hans ein paar Stunden vorher gewesen, das ihn echt genervt hatte. Wollte doch der bekloppte Hans von einem zum anderen Tag die Euros wieder haben, Hunderttausend, die er ihm gegeben hatte, um sie für ihn zu investieren. Blöderweise waren sie da schon nicht mehr vollständig. Und seine Ausrede, ich habe gestern ein Festgeldkonto mit 6 % Zinsen eröffnet, hatte der nicht wirklich geglaubt. Hans war in diesen Dingen eigenwillig. Er hatte überhaupt in letzter Zeit darauf bestanden, dass ich ihn bei allen Transaktionen vorher informieren sollte.

Was hat er mir in letzter Zeit alles vorgeworfen? Du hast es mir versprochen, Andro, hoch und heilig, hast du es mir versprochen, nichts ohne mein Wissen zu unternehmen; du erinnerst dich doch hoffentlich, so hatte Hans sich vor einer Stunde in Wut geredet, dass wir vor Monaten schon einmal aneinander geraten waren, weil du selbstherrlich diesen Laden am Richardplatz angemietet und den Vertrag mit einer Kaution unterschrieben hattest.

Das hat mich damals Dreißigtausend gekostet. Richtig wütend war der alte Hans geworden.

Das stimmte ja auch alles, aber glücklicherweise konnte ich ihn dann durch meinen Charme wieder friedlich stimmen.

Ach Hans, hatte ich ihn etwas beruhigt, du mit deinen alten Geschichten; ich weiß doch genau, dass dich der Verlust damals geschmerzt hat, aber ich war anschließend auch äußerst lieb zu dir und wir haben danach eine schöne Reise nach Venedig gemacht, nicht wahr? Weißt du das nicht mehr? erinnerte ich ihn.

Daraufhin war Hans, wie erwartet ins Träumen verfallen und hatte mich wieder so zärtlich angesehen, und mir wurde in dem Augenblick total bewusst, wie oft ich mich verstellt hatte und mich überwinden musste, um mit dem alten Kerl ins Bett zu gehen. In was für ein Scheißleben bin ich durch ihn reingerutscht!

Hoppla, na so was Blödes, Andro rutschte aus und stolperte, bin ich doch in Hundescheiße getreten. Ach, die Berliner mit ihren Hunden!

Er ging zur Bordsteinkante und streifte den Dreck an dem Granit ab. Am nächsten Baum reinigte er den Schuh an einem Bodendecker, es war Efeu, der sich an dem Stamm der Robinie hochrankte. Sein Blick wanderte nach oben in die Krone des Baumes und verlor sich in den sich verzweigenden Ästen eines großen Laubdaches, das den Himmel verdeckte, der so blau und ruhig und wolkenlos war.

Ach ja, die U-Bahn, kam er wieder zu sich und ging weiter. Er wechselte den Rucksack auf die rechte Schulter und mit dem Geräusch der gleichmäßigen Auftritte auf den Granitplatten tauchten erneut Erinnerungen des Nachmittags auf. Wie war es bloß dazu gekommen? Hatte ich mich wirklich total vergessen? Nein, ich glaube, die Zeit war einfach reif. Ich konnte ihn nicht mehr ertragen. Das war wohl der Grund, warum ich so ausgerastet bin. Eigentlich wollte ich mich nur wehren, als er in seiner fiesen Art wieder auf mich zukam, mich umarmen und an sein Herz drücken wollte, wie er immer so sagte. Aber es war eklig, der Körpergeruch, die faltige Haut. Ich konnte nicht mehr, hab ihn zurückgestoßen, er taumelte, suchte Halt, drehte sich dabei um sich selbst, fiel zu Boden, kniete wie ein Hund auf allen vieren und rief mit einer erregten Stimme, ja, Andro, ja, weiter, ich liebe dich, mach weiter, wie lange sehne ich mich schon danach, reiß mir die Hose runter...

Da habe ich wohl unbewusst nach der Skulptur gegriffen und zugeschlagen. Die Bronze hatte ich ja schon früher einige Male in die Hand genommen, um sie zu betrachten und dabei ihr Gewicht geprüft, das muss ich zugeben.

Plötzlich blieb Andro stehen und blickte um sich, ob etwa ein Zeuge die halblaut gemurmelten Worte gehört hätte. Aber die ältere Dame mit Blumenhut und reinrassigem Dackel, die gerade an ihm vorbeirauschte, blickte weder auf noch zurück.

So ein Quatsch, schüttelte er den Kopf und schritt wieder mit großen Schritten voran, weiter vor sich hin redend.

Tja, als ich Hans vor fünf Jahren kennen lernte, wirkte er noch jugendlich, auch anziehend mit seinem väterlichen Habitus. Er hatte ja viel Erfahrung, war weit gereist, viel in der Welt herumgekommen, hatte krachend ´ne Menge Geld gemacht mit seinen Pornogeschäften und auch noch viel geerbt. Na, das war eben ein verführerisches Leben an seiner Seite. In den ersten Jahren haben wir uns wirklich gut verstanden, es war schon geil, wie er mich nahm....

Er blieb einige Sekunden träumend stehen, verlor sich in dem Anblick von Art Deco Vasen in einem Schaufenster. Dann nahm er seinen Monolog im Gehen wieder auf, wir waren eigentlich schon auf demselben Weg, geistreich und philosophisch, glaube ich.

Naja, zeitweise hatte er einen echten Spleen mit seinem Existenzialismus, las ständig Jean-Paul Sartre und Simone de

Beauvoir. Und im letzten halben Jahr war er dann völlig ausgetickt und lernte ganze Passagen aus *Warten auf Godot* von Beckett auswendig. Und ich sollte ihm zuhören, ihn abfragen und diesen Schwachsinn mitmachen. Keine Ahnung, was er davon hatte. Jedenfalls wurde es immer anstrengender und seine Leidenschaft ging auch verloren. Nur noch vom Geld war die Rede, was er anlegen wollte.....

Ach was, vergiss ihn, da vorn ist ja endlich die Treppe zur U-Bahn. Jetzt werde ich mich mal um sein Geld kümmern. Und Andro brach in ein vergnügtes Lachen aus, als er auf der Treppe mit großen Schritten abwärts stürmte. Dann plötzlich, auf halber Höhe, blieb er abrupt stehen und fasste sich an den Kopf, weil ihm siedeheiß einfiel, was er vergessen hatte. Hans hatte die Vollmacht zum Abheben des Geldes nicht mehr unterschrieben. Scheiße, sagte er laut zu sich, jetzt muss ich seine Unterschrift wieder fälschen.

3. Kapitel

Der Zug in Richtung Köpenick donnerte mit einem Luftstoß in die unterirdische Station.

Um diese Zeit waren die Wagen nicht voll besetzt. Die automatischen Türen öffneten sich und Fahrgäste stiegen aus und ein. Er setzte sich, ohne zu überlegen, auf eine Längsbank, von der er den ganzen Wagen überblicken konnte. Den Rucksack stellte er zwischen seine Beine. Dann setzte er seine Sonnenbrille auf, um die Mitreisenden besser beobachten zu können, ein ziemlich auffallendes Modell, das eine große Fläche des Gesichtes bedeckte. Er liebte die Beschäftigung, aus einer sicheren Position andere so lange anzuschauen, bis sie unruhig wurden. Er fand das unterhaltsamer als lesen. Die Zeit verging schneller und er konnte seine hungrige Fantasie mit interessanten Gesichtern füttern.

Aber heute saßen leider nur Allerweltsgesichter in dem Abteil. Menschen, die von der Arbeit kamen. Einige hatten sogar ihre Augen geschlossen. Naja, es war spät, gegen halb sieben, stellte er mit Blick auf sein Handy fest. Und der da drüben, sein Blick fiel auf ein nordafrikanisches Gesicht, ein Typ mit dunklen Locken, wahrscheinlich wieder so ein Flüchtling, einer von denen, die ständig an ihrem Smartphone rumfummeln müssen.

Der Zug fuhr mit hoher Geschwindigkeit in eine Kurve, die Räder quietschten, sodass er fast von der Bank geflogen wäre und sich an der vertikalen Haltstange festklammern musste.

Dabei sah er hinten in der Ecke einen Typ, der seine Neugier erregte. Auf der linken Seite, da saß doch eine interessante Figur, die ihn ein bisschen an seinen alten Hans erinnerte, der ja nun nicht mehr sein Hans war. Der hatte eine ähnliche Physiognomie, jünger, kräftiger gebaut, mit prachtvoller Mähne, schon seltsam, wie sich so einer in die U-Bahn verläuft, dachte er noch, als der

Mann aufstand und auf ihn zukam, ihn anlächelte und sich neben ihn setzte mit den Worten, wir kennen uns, nicht wahr?

Andro verschluckte sich, hustete, nahm verwirrt die Sonnenbrille ab und stotterte, ich, ich weiß..., ich weiß nicht. Wo, wo sollen wir uns denn getroffen haben?

Er war beunruhigt, als sich der Mann dicht an ihn ran drängte und mit leicht französischem Akzent sagte, du kennst mich genau, von früher, 's liegt schon ein wenig zurück, ein paar Jährchen. Damals warst de noch nicht blond, und Locken hattest de auch nicht. Was machst de jetzt eigentlich? Wo kommst de her? Wo willst de hin? Bist schon länger in Berlin?

Andro rückte vorsichtig ein paar Zentimeter von dem Mann ab, der unangenehm nach Knoblauch roch und brummte, lassen Sie mich zufrieden, ich kenne Sie nicht. Was wollen Sie von mir? Seine Stimme vibrierte von innerer Anspannung.

Er kramte in seinen Erinnerungsbildern, von woher sollte ich den Typen bloß kennen? müssen verdammt viele Jahre her sein, hoffentlich habe ich mit dem keinen Stoffwechsel betrieben. Oder Drogen? Wäre schon möglich, war ja alles drin in den frühen Jahren als androgynes Opfer. Bin ja mit jedem mitgegangen um an Stoff zu kommen. Vielleicht is´ er aus der Zeit, als ich aus dem Heim abgehauen bin, da war ich doch mit so `nen Typen, den ehemaligen Leiter des Heimes ein paar Wochen zusammen, mit dem aus Marseille, der ein bisschen deutsch konnte und mich in `ner Laube versteckt hatte. Mit dem hatte ich leider was, war doch voll abhängig von ihm, vom Stoff und vom Poppen, der nahm mich knallhart von hinten, bis ich alle war und abhaute. Was hab ich den am Ende gehasst! Aber der war nicht mit so `n Outfit unterwegs, so angeberisch. Scheiße, was mach ich nur jetzt? verdammte Erinnerungen. Irgendwie muss ich mir den Typ vom Halse schaffen, vermutlich denkt der, ich sei noch immer auf `ner Suche nach `nem Unterschlupf, noch immer derselbe aus der verlorenen Zeit.

Plötzlich fühlte Andro etwas auf seinem Knie. Nimm die Hand von meinem Knie, schrie er den Typ erregt an. Einzelne Fahrgäste sahen mit apathisch blickenden Augen hinüber. Dann senkten sich wieder die Lider.

Nun háb dích nícht so, Andro, das íst doch noch dein Name stímmts, drängte der sich weiter an ihn heran. Jedenfalls hást du dích frühér so genannt, schob er nach.

Andro blickte angewidert in die Luft, griff nach dem Rucksack und stellte ihn neben sich auf die freie rechte Seite.

Das Fahrgeräusch des Zuges wurde leiser, die Geschwindigkeit verlangsamte sich.

Na, was machen wír héute, wír beíde zusammen? drängte der Knoblauchtyp weiter in ihn.

Andro blickte stur geradeaus, sagte kein Wort. Am liebsten würde ich dir meinen Rucksack mit der Bronze in die Fresse hauen, aber das sagte er nicht laut. Er stellte sich nur vor, wie der Typ dann zusammensacken, zur Seite kippen, liegen bleiben oder von der Bank rollen würde. Aber das ging jetzt nicht. Es waren zu viele Fahrgäste in dem Abteil. Der Asylant, also der Typ mit dem Smartphone, blickte schon wieder rüber, der würde sicher ein Foto von dem Geschehen machen.

Die U-Bahn wurde noch langsamer, fuhr in einen Bahnhof ein und hielt. Andro sprang auf und rief, na los, wir wollen doch was unternehmen!

Er hatte nicht darauf geachtet, wo sie waren. Hauptsache raus, den Mann irgendwohin bringen, wo er mit ihm fertig werden könnte. Dafür sind WC-Anlagen geeignet, dachte er und suchte nach dem Hinweisschild.

Der Typ stapfte neben ihm her und brummte, was íst denn in dích gefahren? Plötzlích so zugänglích? Also gut, was wollen wír machén? du hást eine Idée?

Wie wär's mit `ner Runde durch die Kneipen, schlug Andro vor um Zeit zu schinden, trinken wir irgendwo ein paar Kurze auf das Wiedersehen und entscheiden dann, was wir unternehmen.

Inzwischen hatte er einen WC Hinweis ausgemacht, der nach oben in die Vorhalle zeigte. Die Treppe mussten sie sowieso benutzen. Auf der letzten Stufe drehte er sich nach rechts, dem Hinweis zum Männer WC folgend, und rief, ich muss mal pinkeln, komme gleich wieder.

Seine Vermutung, dass der andere ihn nicht aufgeben würde, war richtig. Andro beschleunigte seinen Gang um den Abstand zu vergrößern und rief, es drängt! Oui, oui, rief der Typ hinterher, ích komme gleich nach, muss auch píssén! und er folgte ihm mit einigen Schritten Abstand.

Andro ließ die Tür hinter sich zufallen und stellte mit schnellem Blick fest, dass niemand in der weißgefliese Welt der Wasserlassenden war, außer dem strengen Geruch nach Urin. Die Türen der beiden Abortkabinen standen weit offen. Er blieb unmittelbar neben dem silberblitzenden Eingang stehen, sodass er von der aufgehende Tür verdeckt war und hatte bereits die Bronze in der Hand.

Die schwere Metalltür wurde aufgestoßen, der Typ ging stracks in Richtung der Urinale, die Skulptur sauste auf ihn herab und er röchelte kurz. Andro hatte ihn gut getroffen, aber der am Boden Liegende wimmerte noch.

Rasend schnell überlegte er, ob er Ihn ganz erledigen sollte, um weitere Verfolgungen auszuschließen und schlug ein weiteres Mal auf ihn ein. Ein guter Schlag und dann war es still. Er zog ihn in eine Abortkabine, setzte den Körper auf das WC, verschloss die

Tür von innen und tastete die Halsschlagader ab, ob der Mann wirklich erledigt war.

Dann kletterte er über die Trennwand in das anliegende WC. In dem Moment, als er die Kabine verlassen wollte, hörte er die Eingangstür der WC-Anlage zuschlagen und Schritte auf dem Boden in Richtung der Urinale.

Scheiße, den Ausruf konnte er gerade noch unterdrücken, mein Rucksack steht noch neben der Tür und wo habe ich nur die Skulptur gelassen?

Er hörte einen harten Strahl vom Nirosta der Pissrinne, dann Wasserrauschen der Automatik und vergnügtes Pfeifen, das sich mit der Hörkulisse einer Supermarktmusik vermischte. Mit angehaltenem Atem hörte er, wie die Person hin und her schritt, an den Türen der Aborte rüttelte und den Ausruf, na sowas, was ist das denn, und außerdem, ganz schön schwer. Danach verließ die Person augenblicklich den Raum, die Tür fiel zu und es war still.

Nur schnell weg, war Andros nächster Gedanke. Als er die Tür des Abortes aufmachte, blickte er sich rasch um und stellte beruhigt fest, dass keine Blutspuren auf dem Boden zu sehen waren, aber dass die Bronze fehlte.

Der neben der Tür hingeworfene Rucksack lag noch da, unscheinbar, wie ein zusammengefalteter Sack. Es war nichts Wichtiges drin, aber er wollte keinesfalls ein Beweisstück zurück lassen. Er warf ihn sich über die Schulter, öffnete die Tür und schritt gemächlich durch die Vorhalle in Richtung Ausgang, dabei umsichtig nach rechts und links blickend. Bedächtig stieg er die Treppe hoch, und um sich zur Ruhe zu zwingen, zählte er jede der fünfundzwanzig Stufen bis er auf einer Straße stand, die er nicht kannte. Um sich zu orientieren, wählte er auf dem Handy Google map zur Orientierung und die Nummer von Markus.

4. Kapitel

Markus räumte die Lebensmittel, die er im Bolle-Supermarkt gekauft hatte, in den Kühlschrank: die Milchtüte, den Joghurt und den Salat, legte den Goudakäse auf einen Holzteller unter die Glasglocke, die frische französische Butter in eine Schale, wickelte die Leberpastete aus dem glänzenden Papier, nahm ein Messer aus der Schublade, schnitt eine Scheibe der Pastete ab und ließ sie auf der Zunge zergehen. Hm, machte er, ist doch gut, sich ein bisschen zu verwöhnen. Dann machte er den Portwein auf und legte die französische Salami und das Baguette auf das antike Holztablett.

Er wollte in seinem Wohnraum essen, in einem Wohnraum jener Wohnungen des sozialen Wohnungsbaus aus den sechziger Jahren, den Aufbaujahren, der Wirtschaftswunderzeit, in einem Wohnraum, der mit achtzehn Quadratmetern den Forderungen und Finanzierungsrichtlinien der Nachkriegszeit entsprach. Die Wohnung war eigentlich für zwei Personen vorgesehen. Für die heutige Zeit gewiss zu klein, aber für ihn waren die knapp fünfzig Quadratmeter ausreichend. Neben einem zwölf Quadratmeter großen Schlafraum, gab es noch ein Innenbad von vier Quadratmetern mit Badewanne und einer künstlichen Belüftung, die den Gestank und Wasserdampf nur unvollständig hinaus beförderte. Die Küche, in der er noch rumorte, war ebenfalls nach den Richtlinien der Finanzierung geplant und ebenfalls nur so groß, wie es unbedingt erforderlich war. Mit zwei mal drei Metern war Raum für eine sogenannte Frankfurter Küche groß genug, um zweiseitig möbliert, dazwischen einen Gang von weniger als einem Meter zuzulassen. Eine Person konnte sich um sich selbst drehen. Es war eine vorzeige Küche des Funktionalismus und er mochte den Funktionalismus. Die Küche hatte sogar einen Vorteil gegenüber dem Innenbad, sie hatte nämlich ein Fenster zum Hof.

Bereits bevor er den Film von Alfred Hitchcock gesehen hatte, war er auf die Idee gekommen, die Nachbarschaft zu studieren. Einige Mieter aus dem Hinterhaus wohnten ohne Vorhänge oder zogen diese nie zu. Er liebte es im Dunkeln zu spannen, in der stillen Erwartung, dass abends in gegenüberliegenden Räumen, besonders in den Schlafzimmern, Licht angemacht würde. Aber jetzt war es noch nicht spät genug.

Das Tablett in beiden Händen, es war ein sehr altmodisches Holztablett mit geschwungenen Metallgriffen, schritt er nun durch den Flur in Richtung Wohnraum.

Dieser Flur, von sechs Quadratmetern, war im Gegensatz zu den anderen Räumen fast schon opulent zu nennen. Das hatte ihn auf die Idee gebracht, den vor kurzem aus einer Erbschaft stammenden Kleiderschrank an die Längswand zu stellen. Leider war nun der Durchgang an einer Stelle nur noch einen guten halben Meter breit. Er musste deshalb beim Tragen des Tabletts aufpassen, dass die Knöchel weder den Schrank noch die Wand berührten, da es bereits zu Verletzungen geführt und auch Kratzer an dem Erbstück zur Folge hatte. Einmal war ihm sogar das ganze Tablett aus den Händen geglitten und Geschirr mit der Speise auf den Boden gestürzt. Die Butter musste er von der Auslegware abkratzen und seine geliebte, alte Porzellantasse kleben.

Aufatmend stellte er nun das Tablett auf den Nierentisch, den er vor Monaten in einem Antiquitätenladen für `ne gute Stange Geld gekauft hatte. Er liebte nicht nur die Möbel der sechziger Jahre, sondern auch die Architektur jener Zeit und hatte bereits vor Jahren diese Wohnung gekauft, als noch niemand dem Modetrend der Sechziger verfallen war. Auch die zwei roten Cocktailsessel mit den silberfarbenen nach unten zulaufenden Füßen hatte er in dem Geschäft erworben, ebenso die Klappcoach mit Holzarmlehnen, darin ein Rohrgeflecht im

Sonnenmuster. Es fehlten nur noch zwei Sessel in Gelb und eine Anrichte mit Glasschiebetüren. Der Antiquitätenhändler hatte ihm zugesagt, ihn sofort zu benachrichtigen, wenn die Objekte seiner Begierde angeboten würden.

Markus setzte sich in einen der roten Sessel, streckte die noch mit Socken bekleideten Füße aus, die Schuhe hatte er schon an der Eingangstür abgestreift, und wollte gerade nach dem Baguette greifen, um endlich die frische französische Butter darauf zu verteilen und eine der so appetitlich duftenden Pastetenscheiben draufzulegen, als sein Handy klingelte.

Ja, hallo, ich bin es, rief er in das Smartphone. Er hatte sich angewöhnt, niemals seinen Namen zu nennen. Wer spricht denn dort? Ach, du bist es, Andro. Na sowas, so schnell hatte ich mit deiner Rückmeldung nicht gerechnet. Was sagst du? Ich versteh dich nicht gut. Wo bist du, sagst du? Ach, das ist doch ganz in der Nähe meiner Wohnung. Klar, jaja, kannst vorbeikommen. Ist ganz einfach zu finden. Du gehst auf der große Allee mit den Robinien auf der rechten Seite zwei Hausblöcke lang und biegst dann nach rechts in die Straße mit der Kneipe an der Ecke. Es ist das zweite Haus auf der linken Seite zwischen den Jugendstilfronten, das Haus mit der einfachen Kratzputzfassade der 60er Jahre. Es ist leicht zu finden. Es gibt auch Namensschilder, klar? und eine Klingelanlage. Ja, ich warte auf dich! Komm´ gleich vorbei. Hab´ gerade mit dem Essen begonnen. Ich freu mich auf dich. Hab auch einen guten Portwein aufgemacht. Sag mal, du klingst ein bisschen abgehetzt. Ist irgendetwas Unangenehmes passiert? Nein? Also, dann bis gleich. Tschüss.

Markus legte das Handy aus der Hand, schnaufte kurz und steckte eine Scheibe der Gänseleberpastete in den Mund. So richtig genießen konnte er sie nun nicht mehr. Dann wischte er sich die Hände an einer Tuchserviette ab und sprang auf. Na, das ist schon eine blöde Überraschung, murmelte er konsterniert in sich hinein. Er war eigentlich auf einen ruhigen Abend eingestellt. Aber was sollte er machen, wenn ein alter Kumpel vor der Tür steht.

Er ging zurück in den Flur, schaute in einen großen, an der Seite des Schrankes befestigten Spiegel und fuhr mit der Hand durch sein Haar. Ich müsste hier unbedingt mal eine Lampe anbringen, murmelte er. Das hatte er schon lange vor. Immer wenn er Besuch bekam, fiel es ihm ein. Naja, für mich alleine brauche ich eigentlich kein Licht über den Spiegel, tröstete er sich. Der gute Andro muss halt so mit mir vorlieb nehmen und damit wandte er sich zum Eingang und wartete auf das Läuten der Türglocke.

Als nach einigen Minuten nichts geschah, öffnete er die Tür und stand unmittelbar vor dem Erwarteten. Hallo Ando! Warum hast du nicht geläutet?

Naja, antwortete der, die Haustür war nur angelehnt und da bin ich einfach hochgegangen und hier steht ja dein Name dran, aber es ist keine Klingel zu finden. Ich nahm an, irgendwann wirst du schon aufmachen. Ich wollte nicht gleich mit Klopfen ins Haus fallen, benutzte er das alte Klischee, um einen Joke zu machen.

Markus war von Andros kraftloser Stimme und seinem bleichen Gesicht ein wenig überrascht. Er hatte ihn noch ganz anders in Erinnerung. Komm rein, lud er ihn schließlich ein, leg ab, geh durch den Flur nach hinten, da wo die Tür offen steht und such´ dir einen Platz. Kopfschüttelnd schloss er die Wohnungstür und schlurfte nachdenklich grummelnd hinter ihm her.

Nicht schlecht, nicht schlecht, bemerkte der mit ironischem Unterton, deine Wohnung meine ich, wobei er Wohnung besonders lang zog. Ich hatte nicht gedacht, dass du hier in Deutschland auch so komfortabel wohnst. Dein Haus in Portugal ist ja ähnlich eingerichtet. Hast`s dir ordentlich was kosten lassen, hm?

Markus blickte ihn irritiert an, wieso komfortabel? Das sind doch nur fünfzig Quadratmeter. Übrigens hab´ ich die Wohnung schon viel länger, sagte er, weißt du, ich war als Steuerfahnder tätig und, wenn ich damals nicht alles ordentlich registriert hatte, ergaben sich hin und wieder Nebenverdienste. Aber das bleibt unter uns, beschwor Markus seinen Besuch.

Ich bin auch zu blöd, ihm das alles zu erzählen, suchte er im Nachhinein sich zu beruhigen.

Setz dich doch, Andro! Greif zu. Hast du keinen Hunger? Soll ich dir ein Glas Portwein einschenken? Markus hüpfte unruhig um den immer noch Stehenden herum, der überhaupt keine Anstalten machte sich zu setzen. Gleich einer Statue, stand er mitten im Raum und fixierte Markus von oben bis unten.

Dann sagte er unvermittelt und bestimmt, ich kann doch bei dir ein paar Tage wohnen, nicht wahr?

Markus erstarrte und blickte entgeistert auf Andro, Eh! Wie kommst du denn auf diese Idee? Nein, nein, Andro, das passt mir überhaupt nicht. So Holter die Polter, ohne Vorankündigung geht es gar nicht. Ich würde dich schon gerne mal für ein paar Tage beherbergen, aber das muss ich vorher wissen. Kannst du das verstehen?

Aber Andro zeigte keine Anzeichen von Verständnis, stand dagegen noch immer wie versteinert mitten im Raum und blickte emotionslos auf Markus hinab, der ein wenig in sich zusammen gesunken war.

Jetzt komm schon, drängte Markus seinen Besucher, setzt sich endlich, trink einen Schluck und dann erklärst du mir, warum du so plötzlich bei mir wohnen willst. Gibt es denn irgendeinen Grund? Er fühlte sich angespannt und setzte sich mit einem Seufzer in seinen roten Sessel.

Sein Besucher rührte sich noch immer nicht von der Stelle, obwohl Markus bereits zwei Gläser von dem Portwein eingeschenkt hatte und ihn mit seinem erhobenen Glas animierte, Salute! Andro, komm, stoß mit mir an.

Markus, du hast wohl völlig vergessen, dass ich keinen Alkohol trinke, verdarb Andro mit einem scharfen Ton die noch halbwegs harmonische Stimmung.

Was hast du nur, so kenne ich dich gar nicht, suchte Markus die angespannte Atmosphäre zu dämpfen, und setzen willst du dich auch nicht? Na gut, dann bleib stehen. Aber Übernachten kannst du heute auf keinen Fall, kommt nicht in Frage.

Andro machte einen Schritt auf Markus zu und zischte, das werden wir noch sehen, mein Lieber.

Vom anschließenden Schweigen genervt, brach es aus Markus hervor, hör jetzt auf mit diesem Spiel, lass uns ganz in Ruhe über dein Problem reden.

Was für ein Problem? Ich habe kein Problem, Andros Stimme klang klar und fest, du hast das Problem, nämlich, in welchen Raum ich wohl hier schlafen werde.

Andro! Markus Stimme bebte, es reicht jetzt! Bist du völlig übergeschnappt?! Wir haben uns doch mal gut verstanden und ich habe dich immer respektiert. Auch deine merkwürdige Beziehung zu Hans hat mich nicht gestört, oder wie du mit Verena umgesprungen bist, als wir uns in Portugal über das Theaterstück *Die Existentialisten aus Paris* gestritten haben.

Markus überlegte, was er noch sagen könnte um seinen Gast zu besänftigen, hast du jemals von mir gehört, dass ich etwas über deine Veranlagung geäußert habe? Immer hab ich dich so genommen, wie du warst und hab dich bewundert für deinen Mut das Doppelgeschlecht anzunehmen und auch für deinen Mut, das Leben von der spontanen Seite zu nehmen. So einfach ohne Wohnsitz durch die Welt zu ziehen und auch, nachdem du bei uns in der WG ein bisschen Heimat gefunden hattest, alles wieder aufzugeben und nach Indien abzuhauen, das hat mir imponiert. Ich hatte schon verstanden, dass du anders warst, Andro, dass du viel mehr Freiheit brauchtest und, dass du vor deiner Vergangenheit, diese Jahre in einem Heim, auf der Flucht warst.

Andro zog die Stirn kraus, hör bloß mit dem Geschwafel auf, Markus. Was soll die Mitleidstour? Du gehst mir so auf die Nerven, stieß er heftig hervor und ging einen kleinen Schritt auf ihn zu.

Markus schnellte hoch, legte seine Rechte auf Andros Schulter um ihn zu beruhigen, komm, lass uns vernünftig miteinander umgehen, irgendetwas ist mit dir, aber wenn du nicht darüber sprechen willst, dann ist es auch gut. Ich wiederhole, du bist jederzeit willkommen, aber heute...

Nicht, fiel Andro ihn ins Wort, jaja, ich habe verstanden, ein maliziöses Lächeln wischte kurz über sein Gesicht, lass es gut sein, ich bin nicht auf dich angewiesen. Es ist nicht wichtig. Die Dinge sind so, wie sie sind. Und wenn man andererseits bedenkt, was noch schlimmer ist, dass du wirklich geglaubt hast, ich wollte hier übernachten, dann ist das doch zum Totlachen. Bei dem letzten Satz grinste er perfide. Du kannst mich nicht verstehen, auch wenn du das immerzu behauptest. Du lebst dein feines, bequemes Leben, wirst von keinem Quälgeist nachts überfallen.

Andro drehte sich abrupt um, ging zum Fenster und blickte hinaus. Er schwieg.

Erneut lag eine bedrückende Stille in dem Raum und Markus stand noch immer an derselben Stelle neben dem Tisch, auf dem sein Abendbrot ausgebreitet war.

Was sollte er nur mit Andro anfangen, er war verunsichert, darauf war er nicht vorbereitet, es war eine sehr unangenehme Situation; eigentlich hatte er noch Hunger, aber keinen Appetit mehr.

Dann trage ich jetzt erst mal alles wieder in die Küche, sprach er halblaut vor sich hin, um die Leere zu überbrücken.

Während er mit dem Tablett in der Hand durch die Tür gehen wollte, kam vom Fenster eine knappe Frage, wann hast du Hans zuletzt gesehen? Nichts weiter, nur diese Frage.

Markus, auf das beladene Tablett konzentriert, schon auf dem Weg in die Küche, drehte sich wieder um und ging zurück, um das Tablett auf den Tisch wieder abzustellen.

Ich weiß nicht, sagte er, ich glaube, ich war mindestens zwei Monate nicht mehr in der Wohnung, aber ich habe ihn vorige Woche in dem Lokal an der Ecke Hohenzollerndamm getroffen. Er hatte mich angerufen und wollte ein wenig plaudern, dabei haben wir übrigens auch von dir gesprochen, Andro.

So so, war der knappe Kommentar, der vom Fenster kam.

Markus zögerte, bevor er sich weiter äußerte, Hans erzählte mir, dass ihr euch wieder vertragen habt, ich weiß aber nicht ganz genau, worum es ging. Ich glaube, ihr hattet wohl Streit um eine Geldsumme.

Andro drehte sich halb um, und das hat er dir wirklich erzählt, Markus?

Naja, unter anderem. Er erzählte auch noch, dass du nach der Indienreise die Freundschaft mit Verena aufgegeben hättest, weil dir die Frauen zuwider geworden wären und, dass du auf der Suche nach einem neuen Freund wärest.

So ein Quatsch, und das hat er dir alles verklickert? Was hat er dir denn von dem Geld erzählt?

Nicht viel, nur, dass du dich ein bisschen um seine Anlagen kümmern solltest und, dass er dich auch ein wenig unterstützt, weil du gar keine Einnahmen hast. Das stimmt doch, oder?

Andro schüttelte angewidert den Kopf, Hans war ja schon immer ein Quatschmaul, reagierte er trotzig, während er sich zu

Markus drehte. Sein Gesicht war angespannt, gerötet, er kaute auf der Unterlippe herum.

Plötzlich, nach einer scheinbar endlosen scheinenden Stille, stieß er hervor, und du? Markus? Die Frage klang scharf, was machst du den ganzen, lieben Tag? Du musst dich doch schrecklich langweilen. So ein Pensionär mit Geld und zwei Wohnsitzen, was macht der eigentlich? Kauft der nun unentwegt Delikatessen ein? Oder neue Klamotten? Wie viele Smartphones hast du schon?

Markus zögerte, ob er überhaupt etwas zu den Vorwürfen und Unterstellungen sagen sollte. Schließlich entschied er, gehe nicht darauf ein, und er griff nach dem Tablett um seinen Weg in die Küche wieder aufzunehmen.

Kurz vor der Tür überfiel ihn Andro vom Fenster mit einer neuen Frage, kannst du mir Geld leihen? So 1000 €! Ich muss verschwinden.

Wieso verschwinden? verdattert drehte sich Markus mit dem Tablett in der Hand um, was ist passiert?

Nichts, kam die kurze Replik, nichts ist passiert. Ich muss nur verschwinden, also leihst du mir oder besser überlässt du mir 1000 Euro? Vermutlich wirst du sie nie wieder bekommen. Ich bin doch ehrlich, oder? Ich finde, es ist besser, du weißt, woran du bist, und er lacht aus vollem Halse, schöner Spaß, was?

Er blickte auf den immer noch an der Tür stehenden Markus, der entnervt an die Decke blickte und ihm antwortete, du machst mich ganz schön kirre mit deinen Späßen, oder wolltest du tatsächlich 1000 € bei mir abstauben?

Ach, Markus, du solltest nicht alles so ernst nehmen, was ich sage. Ich habe überhaupt das Gefühl, dass du das Leben viel zu ernst nimmst, du, mit deiner so schön langweilig eingerichteten Wohnung. Was hast du jetzt davon? Du lebst alleine, isst alleine, schläfst alleine, vermutlich musst du auch alleine onanieren.

Jetzt hör aber auf, wehrte sich Markus, mit dem Tablett in den Händen.

Am liebsten hätte er es mit dem Geschirr auf Andro geworfen, aber natürlich hielt ihn der Gedanke an die leckere Leberpastete und auch an die schon geklebte Porzellantasse von einem befreienden emotionalen Ausbruch ab. Dafür sagte er mit gepresster Stimme, was du immer an mir rumzumäkeln hast, ich bin eben anders als du. Ich liebe dieses ruhige Dasein, wenn ich mir meinen Tee mache, mit Honig oder braunen Zucker süße, mich auf meiner schönen Klappcoach ausstrecke und ganz in Ruhe einen Bericht über die Bartgeier im Fernsehen anschauen kann. Dann bin ich eben glücklich.

Nein, Nein, Nein, Andro lachte zynisch, das ist doch nicht möglich, wie kann man so leben, da kannst de doch gleich in eine Gefriertruhe klettern und darauf warten, dass dich jemand kurz vorm Tod rausholt, vielleicht eine schöne Maid? fügte er bitter lächelnd hinzu.

Übrigens, wieso hast du keine schöne Maid? Auf solchen Typ, wie du, stehen die Weiber doch, hat Geld, liebt die Ordnung, putzt die eigene Wohnung, macht die Wäsche, bügelt und räumt alles ein, ein echter Hausmann! Mir sind im Leben schon sehr viele Frauen begegnet, die danach suchten. Vielleicht solltest du mal eine Anzeige aufgeben.

Markus setzte das Tablett wieder auf den Tisch ab, jetzt war er richtig sauer, kümmere dich um deine eigenen Sachen, Andro! und lass mich in Ruhe mein Leben leben. Ich habe genug Frauen kennengelernt, mir reicht's! Nicht nur Bett und Tisch habe ich mit ihnen geteilt, auch Zahnbürste und Vibrator. Vielleicht weißt du nicht, dass ich zwischendurch mal jahrelang im vorderen Orient war, in einem VW-Bus, ausgebaut zum Wohnen, Schlafen und Vögeln.

Er holte tief Luft, bevor er weiter seinem Zorn nachgab.

Da machst du genug Erfahrung mit dem anderen Geschlecht. Da war ich zwar jung, trotzdem monatelang so dicht aufeinander, ist genauso viel wie fünf Jahre Ehe, das kann ich dir sagen. Also, halte dich mit deinen Urteilen ein bisschen zurück, mein lieber Freund, beendete er mit fester Stimme seine Verteidigung und griff erneut nach dem Tablett, ich gehe jedenfalls jetzt in die Küche und was du machst, interessiert mich nicht mehr. Vielleicht überlegst du es dir und findest einen anderen Ton um den Abend noch zu retten. Ansonsten kannst du die Wohnung verlassen.

Entschlossen stapfte er mit dem Tablett in den Händen durch die Tür, den Flur entlang in die Küche und schmiss die Tür hinter sich zu.

Hallo, hallo, Markus, rief Andro hinterher und folgte ihm auf den Fuß.

Vor der Tür blieb er stehen und überlegte einen Augenblick, wie er den Kumpan wieder versöhnen könnte.

Er klopfte leise und rief, was hältst du davon, wenn wir in die Eckkneipe gehen, einfach den Platz wechseln, die Atmosphäre verändern, einen neuen Raum für ein neues Gespräch suchen.

Einige Minuten war Stille. Markus antwortete nicht, dann macht er die Tür auf, sah ihn streng an und sagte, wenn du willst, machen wir noch einen Versuch.

Andro machte nur hm und wartete.

Gut, sagte Markus, ich hole noch meinen Hut, meine Börse und die Schlüssel, und er ging zu dem Kleiderschrank, öffnete die Türen, nahm die Utensilien, auch einen Gehstock heraus und ging zur Ausgangstür mit der Aufforderung, dann komm, wenn du das wirklich willst! Lass uns über etwas anderes plaudern.

Markus wartete bis Andro im Treppenhaus stand, dann zog er die Tür hinter sich zu.

Du hast einen schönen Hut auf, versuchte Andro es diplomatisch, das Grau steht dir und das schwarze Band sieht auch sehr
hübsch aus.

Überrascht blickte Markus auf, rümpfte ein bisschen die Nase
und schritt, ohne auf ihn zu achten die Treppe hinunter. Sein Blick
wanderte vielmehr über die Stufen und Podeste aus Terrazzo, ein
Material, das es heute auch nicht mehr gibt, wie er innerlich
feststellte und er ließ seine Hand angenehm berührt auf dem
Mipolanhandlauf des Stahlgeländers mit den senkrechten Stäben
entlang gleiten.

Andro hinter ihm, den Kopf über den altmodischen Gehstock
schüttelnd, pfiff er eine Melodie vor sich hin, es klang wie *on the
sunny side of the street.* Er versuchte mit dem Song in eine
andere Stimmung zu kommen, so wie er es früher getan hatte,
wenn er in eine von ihm selbst verursachte, aussichtslose
Situation geraten war.

Welche Seite von sich sollte er bloß dem alten WG-Kumpan
zeigen? Die intellektuelle, scharfsinnige, brutale oder die weiche,
zutrauliche, harmonische? Die Frage ist doch, was ich bei ihm
erreichen will, ob ich ihn weiter abschrecken oder ihn für mich
einnehmen möchte.

Also, sinnierte er weiter vor sich hin, als Freund kommt er mit
seinem festgezurrten Lebensansichten ja sowieso nicht mehr in-
frage, aber als Notnagel für finanzielle Durststrecken könnte ich
ihn brauchen. Ich werde ihn einfach bei der Stange halten und
freundlich mit ihm umgehen.

Das Ende der Treppe war erreicht Markus öffnete die
einfache Haustür mit den drei senkrechten Glasfeldern und sie
traten nacheinander auf die Straße, die sich im Licht der
Abenddämmerung zeigte. Nach einem leichten Regenschauer
dampfte der Asphalt sommerlich feucht und staubig.

Nebeneinander schlenderten sie in Richtung Kneipe, die mit einem Berliner Kindl Emblem einladend wirkte. Es war eine jener typischen Ecklokale mit nach außen aufgehender Tür in der schräg abgeschnittenen Hausecke. Links von der Tür gab es ein Schaufenster, durch das Andro die Theke sah und einige daran lehnende Gäste.

Als sie den Raum betraten, der von dem Geruch verschütteten Bieres und WC-Reiniger erfüllt war, bemerkte Andro auch das andere Schaufenster, das den Blick auf die Allee mit den Robinien gestattete, die ihn daran erinnerten, dass er dort vor einer Stunde entlang gegangen war, und zwar in unterdrückter Erregung.

Was möchtest du trinken, Andro? unterbrach Markus seine Gedanken.

Ach ja, was trinkst du denn?

Das Bier vom Fass ist hier ganz in Ordnung, sagte Markus und rief dem Kneipier zu, ich trinke einen Halben, frisch gezapft!

Und ich möchte einen Weißwein, einen Müller-Thurgau, ja ein Viertel, bitte. Wollen wir uns da drüben an diesem Tisch sitzen, an das Fenster mit dem Blick auf die Allee? schlug Andro vor. Sie nahmen ihre Getränke und setzte sich gegenüber an das Fenster.

So, begann Markus, nun mal raus mit der Sprache, was ist los mit dir? warum warst du vorhin so merkwürdig?

Hm, Markus, ich möchte eigentlich nicht darüber reden. Diese Gefühlsumschläge sind doch bei mir ganz normal, nennt man das nicht bipolar? Ich habe halt oft Lust Menschen zu provozieren, das gibt mir so ein Gefühl von ja, wie soll ich das sagen, von Übermut, Überlegenheit, von über den Dingen stehen. Ist mir schon klar, dass dahinter auch Angst verborgen ist, Angst sich zu zeigen, sich ganz zu öffnen, sich vor anderen verletzbar zu geben. Naja, du weißt schon was ich damit sagen will. Lassen wir das jetzt.

Er ergriff sein Glas und prostete Markus zu, der bereits sein halbes Glas geleert hatte.

Aber, fuhr Andro nachdenklich fort, vorhin hast du Hans erwähnt, dass ihr letztens ein Gespräch geführt habt. Kannst du mir noch mal wiederholen, was er über seine Finanzen gesagt hat?

Aber viel mehr interessiert es mich, fuhr er nach einer Pause fort, wenn du mir sagen würdest, was er damit meinte, dass mir die Frauen widerlich geworden wären. Die Frauen sind mir nicht widerlich geworden, dazu habe ich selber zu viel Frau in mir, sie sind mir manchmal lästig. Das muss Hans falsch verstanden haben. Vielleicht hat er sich das auch eingebildet, weil er mich ganz für sich alleine haben wollte. Du weißt doch Markus, wie eifersüchtig er war. Ja, ja es war schon schwierig mit ihm. Andro verstummte und blickte ins Weite.

Markus hatte aufmerksam zugehört und es war ihm etwas aufgefallen.

Andro, du hast im letzten Satz zweimal die Vergangenheit benutzt, bist du nicht mehr mit Hans zusammen?

Andro blickte überrascht auf, wie kommst du darauf? Nein, nicht mehr zusammen, stotterte er, fing sich sogleich, ich habe ihn einfach auch eine Weile nicht mehr gesehen. Vieleicht schon ein paar Wochen, er dachte nach, wollte mehr von Markus erfahren, was hat er dir denn erzählt von mir?

Na, nur das, antwortete Markus, was ich dir schon berichtet habe. Wir haben eigentlich nur über unser Treffen in Portugal gesprochen und, dass du aus irgendeinem Grunde Verena verlassen hättest. Naja und, dass er schon Sehnsucht nach dir hätte und, dass du dich gar nicht mehr melden würdest.

Soso, Andro blickte auf, hob sein Glas, prostete Markus zu und wechselte das Thema, lass uns jetzt mal über Freddie und Irene sprechen.

Gute Idee, erwiderte Markus, drehte sich zur Theke und rief überlaut und fröhlich, hallo Wirt, nochmal dasselbe für uns!

Die vor sich hin schweigende Menge Biertrinker am Tresen drehten wie verabredet ihre Köpfe, hoben ihre fast leeren Gläser und nickten ihnen stumm prostend zu.

Also gut, eine Lage für alle, entschied Markus großzügig.

5. Kapitel

Die zwei jungen Hunde winselten und kläfften jämmerlich. Es waren Dackelmischlinge, hellbraun, kurzbeinig, langhaarig und sie waren offensichtlich hungrig. Sie waren Irene und Freddie vor einigen Tagen zugelaufen oder jemand hatte sie in der Hoffnung auf ihre Tierliebe unter dem Affenbrotbaum ausgesetzt.

Freddie! Hörst du nicht? rief mit ihrer vollen Altstimme Irene aus einer niedrigen, unscheinbaren Hütte, die an einem Feldweg lag, beschützt von einem großen Olivenbaum.

Freddie, ein eher gesichtsloser Mann ohne Eigenschaften, saß auf einer Bank neben der Eingangstür, die aus rohen Brettern gefügt war, rauchte einen Zigarillo und las von den Rufen seiner Gefährtin unbeeindruckt auf seinem Handy eine SMS, die gerade eingetroffen war. Das Smartphone war eine Neuanschaffung, die sie mit der Welt verband, aber andererseits auch Verbindungen herstellte, die Irene überhaupt nicht wollte. Sie hatten bisher die Post von dem örtlichen Postamt abgeholt.

Dazu fuhren sie einmal in der Woche mit ihren Rädern in das Dorf mit den alten eingeschossigen Steinhäusern, manche schon vor Jahrhunderten errichtet, mit ausgetretenen Steinstufen an den Hauseingängen und rohbelassenen Fensterläden.

In einem der alten Gebäude waren ein Lebensmittelladen mit Trattoria und die Poststation untergebracht, davor war die Bushaltestelle, von der morgens und abends ein Bus zur nächsten Kleinstadt über eine holprige Straße fuhr. Es war eine unterhaltsame, halbstündige Fahrt mit Jungen und Alten des Dorfes und ihren kranken Kleintieren im Arm, die meistens mehr als 30 Minuten dauerte.

Wieder rief Irene, Freddie! der sich immer noch nicht rührte aber nun antwortete, ja, Irene was ist denn los? Andro hat eine SMS gesendet, die ich erst mal lesen muss.

Hörst du denn nicht die Hunde jaulen? Gib ihnen endlich was zu fressen. Das ist ja nicht zum Aushalten, dieser Lärm!

Die Tür wurde ganz geöffnet und Irene stand in ihrer runden Fülle mit gerötetem Gesicht im Türrahmen. Ihr Kopf, übersäht mit Lockenwicklern in den rotgefärbten Haaren, war im Verhältnis zum Körper zu klein, ein Missverhältnis, dass sie durch einen lockenreichen Afrolook auszugleichen suchte. Sie hatte sich an diesem sonnigen Vormittag trotz ihres Wortscharmützels mit Freddie für eine strahlende Laune entschieden.

Was schreibt Andro denn in der SMS?

Sie blickte neugierig über Freddies Schulter auf das Gerät, während sie kopfschüttelnd feststellte, wie lange wir nichts von ihm gehört haben. Was er jetzt wohl macht?

Du hör mal, unterbricht Freddie, er hat vor, uns zu besuchen und außerdem hat er sich von Verena getrennt und auch von Hans. Das ist ja wirklich schade. Ich fand die beiden passten gut zusammen.

Wen meinst du, forschte Irene, Andro und Verena oder Andro und Hans?

Na, ich meine Andro und Verena, denn Andro und Hans, das war meiner Meinung nach doch nur so eine sexuelle Gelegenheitsbeziehung.

Na, das habe ich anders gesehen, sagte sie, trat auf den Fahrweg und suchte unter dem Affenbrotbaum nach den kleinen Hunden, die noch immer jämmerlich kläfften.

Freddie blickte ihr hinterher, ihr Körper war zwar füllig, aber perfekt proportioniert, sie hatte weit schwingende Hüften, einen starken Rücken, der ihren vollen Brüsten Halt gab und kräftige Arme. Komisch sahen die Lockenwickler auf ihrem Kopf aus. Sie hatte auch wieder einen orangefarbigen Overall an, von denen sie mehrere besaß. Sie trug diese Montagekittel am liebsten, obwohl sie darin wie ein Michelin Männchen aussah, was er ihr mehrmals unverblümt zu verstehen gegeben hatte. Er mochte sie trotzdem vom ganzen Herzen.

Während er das Smartphone vor sich auf die untere Stufe legte, streiften seine Augen über seinen schlanken, gutgebauten Körper, die gut sitzende Jeans und einen hellgrauen Pulli, den er wegen der Abendkühle schon übergezogen hatte, bevor er sich auf der alten Bank mit einer gusseiserne Lehne niedergelassen hatte. Er war mit seinem Äußeren sehr zufrieden, vor allem mit seiner gepflegten Haut und seinem heute eigenhändig kahlrasierten Schädel.

Die beiden lebten nun schon seit zwei Jahren in dieser kleinen Hütte, einen alten Schuppen, den Irene von einem verflossenen Liebhaber vor einigen Jahren geschenkt bekommen hatte und den sie beide in den letzten Jahren wohnlich gemacht hatten.

Beide genossen das ländliche Leben in der südlichen Sonne Liguriens, nicht sehr weit entfernt von Genua. Ein einfaches Leben war es, ohne Luxus, nur mit dem Allernötigsten versehen. Manchmal fiel in der Hütte der Strom aus, und das Wasser zum Kochen und Waschen schöpften sie aus einem alten Brunnen. Nur das Trinkwasser kauften sie im Dorf in fünf Liter Plastikflaschen.

Irene hatte, nachdem sie sich von ihrem alten Liebhaber getrennt hatte, ein Jahr lang allein in der Hütte gelebt, zusammen mit einem hellbraunen Mischlingshund, der ihr zugelaufen war und sie, wie sie sich einbildete, vor allem Ungemach beschützte.

Unglücklicherweise überfuhr sie eines Tages ihren Liebling mit dem 2CV. Sie beweinte ihn ausgiebig und begrub ihn schließlich unter einem Busch neben dem Schuppen. Danach wollte sie nicht mehr alleine an dem Platz leben. Um Abstand zu gewinnen, zog sie für ein paar Monate in ihre alte Heimat nach Berlin. In der Wohngemeinschaft fand sie neuen Lebensmut und lernte die neuen Freunde Marga, Markus, Hans, Andro, Verena und ihren Freddie kennen.

Wollen wir die Hunde jetzt behalten oder soll ich sie weg-jagen, rief Freddie provokant Irene hinterher.

Entsetzt drehte sie sich um, stemmte die Arme in ihre Seiten und fauchte, du bist wohl nicht ganz bei Trost, Freddie. Natürlich behalten wir die Hunde. Schau mal, wie süß die sind und wie sie sich aneinander kuscheln. Außerdem mag ich ihre Farbe, die erinnert mich an meinen alten Hund, ihre Stimme senkte sich, aber ich glaube, das verstehst du nicht.

Die Hunde blickten ängstlich auf, und als sie noch einige Schritte näher kam, versteckten sie sich tiefer in einem Gebüsch.

Na, siehst du, trumpfte Freddie auf, die wollen gar nicht bei uns bleiben, du mit deinem Hundefimmel!

Irene drehte sich resolut um, blickte erbost auf ihren Freund und zürnte, weißt du, was ich glaube? Freddie, ich glaube, du hast überhaupt kein Herz. Manchmal behandelst du mich auch schon so, dass ich das Gefühl bekomme, ich sollte weglaufen. Früher warst du nicht so. Da hast du mich auch mal in den Arm ge-nommen und mit mir geschmust.

Die Zeiten ändern sich halt, gab er lässig zu bedenken, ich finde, dass ich dich genug verwöhne und, dass ich mich ganz schön abstrample für dich. Und zwar im wahrsten Sinne des Wortes. Wer holt denn immer diese 5 Liter Trinkwasserflaschen? Früher haben wir das gemeinsam getan.

Vorhaltungen über Vorhaltungen. Wieder waren sie in einem der nie endenden Streitgespräche gefangen. Ihre Stimmen wur-den lauter und der Ton schärfer. Irene stolzierte mit hoch erho-benem Kopf an Freddie vorbei ins Haus und knallte die Tür hinter sich zu.

Jaja, mokierte sich Freddie auf seiner Bank, immer dieselbe Leier. Wir haben auch viel zu wenig Platz um miteinander ohne Streit auszukommen. Und dann will uns noch Andro besuchen. Na, gute Nacht, wie soll denn das gehen? Hör mal Irene, rief er in das Haus, nachdem er sich erhoben hatte, was machen wir nun mit Andro? Wenn der nun wirklich kommt, müssen wir ein Zelt für ihn aufstellen? Oder willst du, dass ich in dem Zelt schlafe? Seine Stimme wurde immer erregter, nun sag schon mal was. Mit Schweigen können wir das Problem nicht lösen, aber das ist ja deine Methode: Probleme ausschweigen!

Irene stand starr und bebend vor Zorn hinter der zugeschlagenen Tür. Sie machte sich wieder und wieder dieselben Vorwürfe, hätte ich mich doch in Berlin nicht von ihm einfangen lassen. Ich hatte es doch geahnt. Aber ich wollte nicht alleine bleiben und so hat er doch ein bisschen die Rolle meines alten Hundes übernommen. Ja klar, das ist jetzt ein bisschen hässlich gesagt, weil ich wütend auf ihn bin..... räsonierte sie vor sich hin.

Ich hab auch keine Ahnung, was wir machen sollen, wenn es erst Winter wird. Leider sind wir beide auf diesen einen Raum angewiesen. Wenn ich wenigstens noch verliebt in ihn wäre, dann könnte ich es eher mit ihm aushalten. So geht er mir mit seinem ganzen Gehabe und Gelaber auf die Nerven und ich muss mich ständig kontrollieren um nicht zu explodieren. Und dann immer seine Nörgelei an meinem Körper, nur weil er von Natur aus schlank ist und so viel essen kann, wie er will und was er will. Aber ein bisschen übertreibt er schon mit seiner Askese und dann diese Wünsche, muss es immer ein neuer Pulli sein? wo wir sowieso kaum Geld haben. Ach, ich habe so die Faxen dicke. Es ist zu blöd, wenn man keine Wahl hat. Wie komme ich nur aus dieser Scheiße raus?

Hallo Irene, lass uns miteinander reden, rief er von draußen. Ich habe eine Idee. Ich glaube es ist besser, wenn ich für einige Zeit verschwinde. Dann kannst du dich ausruhen und wir gehen uns nicht auf die Nerven. Ich wollte sowieso mal ein bisschen durch die Gegend fahren und ein paar Tage in Genua verbringen. Was hältst du davon?

Ganz still stand Irene vor der Tür und dachte nach. So ein Vorschlag war verlockend. Aber dann fiel ihr ein, dass sie mit Andro, wenn er dann käme, alleine in dem Haus bleiben müsste und bei diesem Gedanken lief ihr ein Schauer über den Rücken. Mit Andro alleine, mit diesem schwierigen Menschen, den sie überhaupt nicht einschätzen konnte, der ihr unerklärliche Angst machte, niemals!

Sie kannte schon eine ganze Reihe Männer, aber Andro war ihr äußerst unheimlich. Er hatte eine sadistische Ausstrahlung, in seiner Nähe fühlte sie sich sehr unwohl. In dem Moment liefen ihr schon Schauer über den Rücken, nur weil sie an ihn dachte. Für dieses Gefühl hatte sie keine Erklärung, das passierte immer dann, wenn er ihr mehr als einen Meter nahe kam. Von weitem fand sie ihn auf irgendeine Art attraktiv, diese mittelgroße Statur, dieses Tänzerische, seine blitzenden Augen, das freche Lachen, das immer ein bisschen ironisch, fast teuflisch wirkte. Und er hatte wirklich eine androgyne Ausstrahlung, sehr sexuell, sehr dominant, mit einer knisternden Erotik in seinen Bewegungen. Sie vermutete, dass er sehr brutal und knallhart sein konnte. Ob er sogar über Leichen gehen konnte? Nein, mit ihm in dem Haus allein, das wollte sie nicht ausprobieren, ganz bestimmt nicht.

Entschlossen schüttelte sie den Kopf. Sie hatte sich dazu durchgerungen, nicht auf das Angebot von Freddie einzugehen.

Vielen Dank Freddy, rief sie durch die noch immer geschlossene Tür, es ist nett von dir, aber ich kann das auf keinen Fall annehmen. Ich möchte nicht, dass du meinetwegen das Haus verlässt. Wir werden uns schon arrangieren!

Und nach einer Atempause rief sie laut, fast schon hysterisch, außerdem möchte ich keinesfalls mit Andro allein sein, so laut, dass sie von ihrer eigenen Stimme überrascht zusammenzuckte und sich über ihre unterschwellige Angst vor dem Besucher und vermutlich auch vor dem Alleinsein aufgeschreckt, wunderte.

Schweißtropfen standen jetzt auf ihrer Stirn, die sie mit einem herumliegenden Tuch abwischte, bevor sie die Haustür öffnete und den vor der Tür stehenden Freddie zunickend aufforderte, komm Freddie, setzen wir uns auf die Bank und besprechen unsere Lage.

Sie nahm seine Hand in die ihre und drückte sie fest.

6. Kapitel

Er war noch ganz außer Puste. Er war gerannt, um den Bus der Linie 109 zu bekommen. Er war überhaupt spät dran, hatte sich sehr schnell entschlossen und einen Flug nach Genua gebucht. Vorher war er noch im letzten Augenblick wegen des Geldes zur Bank gegangen, aber zu seinem Schreck wollte die Angestellte die 97.000 vom Hans´ Konto ohne dessen Ausweis nicht rausrücken. Das war nun wirklich bitter, weil nicht mehr viel von den 3.000 übrig war, die er vorher für sich abgezweigt hatte.

So ganz freiwillig war sein Entschluss die Weite zu suchen nicht gewesen, er hatte so ein ungutes Gefühl gehabt und auf sein Gefühl verließ er sich normalerweise. Und das hatte ihm gesagt, dass er verschwinden müsse, abtauchen, die Berliner Szenerie aufgeben, mindestens für eine gewisse Zeit. Und deswegen hatte er auch eine SMS an Freddie-Irene geschickt, um seine Ankunft anzukündigen.

Der Bus war Proppen voll, am Kaiserdamm waren `ne Menge Fahrgäste zugestiegen, junge Leute, in seinem Alter, bepackt mit Rucksäcken. Bestimmt hatten sie alle dasselbe Ziel: den Flughafen Berlin Tegel. Ein schöner alter Flughafen aus den sechziger Jahren, er mochte ihn, aber er war eben nicht mehr zeitgemäß, alles zu eng. Genau so eng, wie es jetzt hier im Bus war.

Er reckte seinen Kopf hoch, um ein bisschen frische Luft zu ergattern, was bei der Enge ziemlich sinnlos war und blickte nebenbei auf die Werbebotschaften, die in Endlosschleifen auf mehreren Monitoren abgespielt wurden. Die Hinweise auf Immobilien, auf Versicherungen, und auf die einzigartige Zahnpasta für blendend weiße Zähne wurden hin und wieder von aktuellen politischen Neuigkeiten und lokalen Ereignissen unterbrochen.

Jetzt brachten sie einen Ausschnitt aus dem amerikanischen Wahlkampf, in dem der alter Kerl mit der Fönfrisur, die wie ein Wischmob auf seinem Kopf thronte, in eine Menge schrie: *We make Amerika great again.* Andro konnte in dem Lärm des Busses die Propaganda Parole nicht verstehen, aber am unteren Rand des Bildes lief ein Textband.

Die Zeit ging dahin, er wurde hin und her geworfen, eingeklemmt zwischen den anderen Fahrgästen, mit einer Hand an einer Haltestange und mit der anderen in einer Lederschlaufe über sich suchte er das Gleichgewicht zu halten.

Auf den Monitoren wechselten die Nachrichten. Eine aktuelle Polizei Information wurde eingespielt, mit der Bitte um zweckdienliche Hinweise. Die Aufnahme einer Überwachungskamera zeigte zwei Männer, die hintereinander in eine öffentliche Herren Toilette verschwanden und kurz danach einen weiteren Mann, der hinter ihnen hinein ging. Der Letzte trat nach kurzer Zeit als erster wieder heraus, in der rechten Hand eine kleine, aber nicht zu übersehende Bronzeplastik. Kurz danach verließ einer der zuvor eingetretenen Männer die WC-Anlage. Beide Männer waren beim Herauskommen von vorne relativ gut zu erkennen. Die Polizei bat Zeugen, die die Männer am letzten Dienstagabend in der U-Bahn der Linie in Richtung Köpenick gesehen hatten, zwecks Aufklärung eines Gewaltverbrechens eine der folgenden Telefonnummern anzurufen. Auf dem Textband waren Nummer und Name des verantwortlichen Beamten lesbar. Am Ende zeigte das Video zwei Standaufnahmen, in denen die beiden Gesichter der Gesuchten herangezoomt waren. Von ihm selbst war vor allem die Sonnenbrille zu sehen.

Er merkte wie er innerlich zitterte, ihm wurde heiß und seine Stirn feucht. Einen kurzen Augenblick spürte er, wie es dunkel vor seinen Augen wurde. Dann fasste er sich wieder und redete leise beruhigend auf sich ein, wie gut, dass ich an dem Tag diese

Sonnenbrille trug, die er jetzt schnell abnahm. Hier in dem engen Bus würde er schon nicht erkannt werden. Kaum einer blickte auf die Monitore, die Menschen waren in Gedanken mit ihrer Reise beschäftigt oder mit dem Abschied von Freunden.

Seine Gedanken flogen dahin und suchten nach Möglichkeiten sich unkenntlich zu machen. Sollte er sich vielleicht einen Bart stehen lassen? Das dauerte leider eine Weile. Gut, man könnte einen ankleben. Dann vielleicht besser die Haare färben? Oder sie ganz abrasieren, eine Lösung, die vermutlich schnell einen fremden Gesamteindruck ergeben könnte.

Der Bus war inzwischen bereits auf der Rampe zu der Abflughalle eingetroffen, verlangsamte nun seine Fahrt und hielt unter dem Vordach an. Endlich lockerte sich die Enge um ihn herum und er konnte nach dem Aussteigen ein paar beruhigende Schritte gehen, wobei er sehr darauf achtete, dass ihn keine Sicherheitsbeamten und Polizeistreifen bemerkten.

Nachdem er sich von dem ersten Schreck erholt hatte, trat er durch die automatischen Glastüren in die Verteilerhalle und orientierte sich an der beleuchteten Anzeigetafel zu welchem Gate er gehen musste. Sorgen machte ihm noch die Gepäckkontrolle, weil er dort die tief in die Stirn gezogene Mütze abnehmen musste.

Er hatte noch 15 Minuten Zeit zum Einchecken, die Nervosität ergriff ihn wieder und um sich abzulenken, wandelte er ohne etwas wahrzunehmen in dem Bereich der Auskunftsschalter und Informationstafeln umher.

Vielleicht hätte er das lieber nicht machen sollen, warf er sich später im Flugzeug mehrmals vor, denn seine Nervosität wuchs sich durch eines der Plakate zu einer handfesten Psychose aus, die ihn tief erschütterte. Das Plakat, das unvermittelt vor ihm auftauchte, zeigte unter dem Wort GESUCHT die vergrößerten Portraitfotos von den 2 Männer, nämlich sein eigenes und das einer fremden Person, offensichtlich des Mannes, der nach ihm in die WC-Anlage eingetreten und beim Verlassen mit der *kleinen Stehenden* von Giacometti in der Hand gefilmt worden war.

Sein Atem stockte, wieder jagte die Angst einen Stoß durch seinen Körper, er drehte sich reflexartig um, ob ihn jemand beobachtete, entnervt setzte er sich dann auf eine Bank, um sein Herzrasen zu beruhigen.

Auf dem Plakat war *Die kleine Stehende* auch in Vergrößerung abgebildet, zusammen mit der Aufforderung um zweckdienliche Angaben: ob, wann und wo zuletzt diese Bronzefigur von dem Schweizer Künstler Alberto Giacometti auf dem Kunstmarkt oder sonst wo angeboten würde.

Scheiße, Scheiße, Scheiße! Fortwährend wiederholte er innerlich die Worte um seiner Verzweiflung irgendwie Herr zu werden. Worauf habe ich mich nur eingelassen, warf er sich selbstquälerisch vor. Jetzt setzte zu allem Übel auch noch die Atemnot ein, die ihn unter Stress befiel. Er hatte ja den Spray vorsorglich in der Tasche und gab sich zwei Hübe.

Endlich war es soweit um durch die Gepäckkontrolle zu gehen. Er stellte sich in die Schlange und war innerlich auf das Schlimmste vorbereitet. Er musste nur seinen Rucksack auf das Förderband legen, seine Mütze, die Sonnenbrille und den aus den Hosenschlaufen gezogenen Ledergürtel. Nach der Aufforderung der Sicherheitsbeamtin zog er die Jacke aus und fischte das Smartphone aus der einen Hosentasche und aus der anderen noch ein Schlüsselbund von einer Wohnung, die er nicht mehr bewohnte und von dem Auto, das er in Berlin zurückließ.

7. Kapitel

Marga, vor hundert Jahren hätte man gesagt Fräulein Marga, war eine geborene Margarete Schneider, Mitte 40 und mit ihrer asketischen Figur durchaus noch wohlproportioniert, ausgezeichnet durch einen kleinen festen Busen, einer schlanke Taille und markant hervortretenden Beckenschaufeln, die für den Betrachter selbstverständlich nur im unbekleideten Zustand zu bewundern gewesen wären.

Von klein auf begabt, andere Menschen mit ihrem Charme und ihren Schwärmereien zu überzeugen, hatte sie sich in etlichen Berufen geübt und ihre Fähigkeiten bis zur Perfektion übertrieben, um von allen nicht nur geachtet, sondern auch geliebt zu werden.

In ihrer Studienzeit, als Modedesignerin auf der Werkkunstschule, hatte sie bereits eine kleine Boutique in der Bleibtreu Straße geführt, die durch einen bis auf den Bürgersteig reichenden Laufsteg aus einem aufgeschnittenen Baumstamm neugierige Passanten anzog.

Sie selbst, vor der geöffneten Tür als attraktiv einladendes Model stehend, begleitete dann die Voyeure und mögliche Kundinnen von der Tür aus, auf 12 cm hohen Stilettos über den Laufsteg trippelnd und leichtherzig vor sich hin plaudernd, zu einem hinteren Raum, in dem einige ausgewählte Exemplare der High Heels aus Italiens Modezentale Mailand die Herzen einer bestimmten Scene höher schlagen ließen.

Schauen Sie nur diesen Absatz, wie schlank er von der Mitte nach unten wieder breit ausläuft, ist er nicht wie die Fessel eines Dromedars? und die Bänder, die um die Knöchel geschlungen werden, sind die nicht allerliebst geknotet?

Ja, viele kamen, um sie zu sehen, um ihr zu lauschen, um ein paar schöne Minuten mit ihr zu verbringen. Das blieb ihr ganzes

Leben so, bis jetzt. Zwischendurch war sie in Asien, fünf Jahre verbrachte sie in einem Kloster, sie nannte das *meine Ashram Erleuchtung.*

Sehr erfolgreich war Marga in den folgenden Jahren mit ihren Meditationsseminaren als eine stadtbekannte Gura für Kundalini.

In der letzten Zeit hatte sie sich immer mehr von der Esoterik entfernt, sich mehr mit dem laufenden Kunstbetrieb beschäftigt, Ausstellungen kuratiert, und sich auf unbekannte europäische Actionpainting und Druckgrafik des Expressionismus spezialisiert, in denen sie ihre sprunghaften Emotionen gespiegelt fand. Sie nannte das *meine gezielt spontanen Gefühlsausbrüche*, die sie im Zusammenhang mit extravaganten Exponaten zu eigenwilligen Selbstdarstellungen anregte. Natürlich war sie keine Abramovic, sie hätte sich nie öffentlich einem Publikum ausgesetzt in jener, wie sie sich ausdrückte, den Geschmack verletzenden Art und Weise optischer Entblößung.

Nein, nein, das Ästhetische war ihre wichtigste Hülle, die sie niemals ablegen wollte, eine Hülle der schönen Formen, der Verkleidungen, der Verfremdungen, so wie auch ihr Kopfhaar einige Male solche Wandlungen erfuhr, z.B. als sie vor einigen Jahren ihren wohlgeformten Schädel bis auf einen Pony kahl rasieren ließ.

Das war übrigens in der Zeit, als sie auf Hans und Markus in einer heute nicht mehr existierenden Szenekneipe stieß und Irene für eine Nacht zu sich nach Hause nahm.

Ach ja, erinnerte sie sich, drei Wochen später waren wir alle zu Hans in seine großartige 300 Quadratmeter 9 Zimmerwohnung eingezogen, in einem Jugendstilhaus am Rande von Schmargendorf gegenüber einem Bolle Supermarkt, toll gelegen in der Nähe des Grunewaldsees.

Was mag nur aus all denen geworden sein? Das muss nun doch auch schon drei bis vier Jahre her sein, denn zuletzt haben wir uns, wenn ich mich recht erinnere, vor zwei Jahren im Haus von Markus in der Algarve getroffen.

Sie wandte sich von ihrem Spiegelbild ab, mit dem sie die letzten Sätze gewechselt hatte, ohne noch einmal wohlgefällig auf den äußeren Umriss ihres durch Hungerkuren stark hervortretenden Skeletts zu blicken. Das Schambein bildete mit den äußeren Knochen der Beckenschaufel ein harmonisches Dreieck, ein Anblick, von dem sie sich jedes Mal nur schwer trennen konnte. Sie griff nach dem silbergrauen Seidenmantel, den sie kurz vorher auf die Chaiselongue im Empire Stil geworfen hatte.

Sie hatte vor einigen Jahren begonnen, ihre Wohnung in einem klassischen Stil einzurichten. So hatte sie auf ihren Reisen hier und dort ein schönes Stück erworben, mal eine Anrichte, dann wieder zwei Stühle, die sie polstern ließ, einen kleinen sechseckigen Beistelltisch mit Säulenfuß und einer Perlmutteinlage auf der Platte. Ihre letzte Erwerbung war ein Sekretär mit einer herausklappbaren Schreibklappe, hinter der sich acht kleine Schübe mit winzigen Perlmuttknäufen verbargen.

Mit Wohlgefallen blickte sie auf den Sekretär, als sie jetzt davor in einem Arbeitsstuhl Platz nahm, der merkwürdigerweise überhaupt nicht zu dem Stil der anderen Möbel passte. Sie hätte diese Sitzgelegenheit aus den dreißiger Jahren des letzten Jahrhunderts, das Werk eines Bauhausabsolventen, am liebsten entsorgt, wenn es nicht ein Erbstück ihres so geliebten Vaters gewesen wäre.

Sie seufzte, als sie im Hinsetzen an ihn dachte und seine von ihm oft wiederholten Worte innerlich hörte,- *schau nicht zurück, es gibt keine Wahl, nimm alles wie's kommt.* Sie empfand diese Worte noch immer als eine schwere Hypothek und ihr ganzer Widerspruchsgeist bäumte sich erneut auf, - ich will aber zurückschauen auf meine Erfahrungen, protestierte sie innerlich, auf jeden Fall gibt es eine Wahl und zwar jeden Tag erneut kann ich entscheiden, ob ich in Depression verfalle oder mich dagegen stemme und, weil ich die Wahl habe, nehme ich nicht alles wie's kommt, sondern ich prüfe und entscheide über mein Leben. Ja, genau, setzte sie emphatisch hinzu.

Das Telefon klingelte, anhaltend, immer wieder, bevor sie sich, noch in den philosophischen Gedanken verloren, erhob, nach dem altmodischen Hörer griff und mit ihrem klangvollen Mezzosopran, Ja bitte, sagte und dann nach einer kurzen Pause, ja, ich bin es, Marga.

Es war Markus. Überrascht von seinem Anruf, fragte sie vorsichtig, was willst du, Markus? Ich bin ganz verwundert, dass du anrufst. Schon so lange haben wir uns nicht mehr gesehen und gesprochen. Wir haben uns doch seit Portugal aus den Augen verloren. Ach, was du nicht sagst, du hast schon ein paar Mal probiert, mich zu erreichen? Naja, ich bin viel unterwegs. Du weißt doch, dass ich immer wieder nach Paris muss. Nein? Weißt du nicht? Naja, ich betreibe dort noch eine kleine Galerie in Clichy mit einem Freund. Vielmehr, er betreibt sie und ich bin nur sein Kompagnon, oder sagt man Kompagnonin, versuchte sie einen Scherz.

Also sag, Markus, was willst du von mir, außer ein Schwätzchen halten... Hans? Ob ich Hans in letzter Zeit gesehen habe? Nein, überhaupt nicht, aber warte mal, wir haben mal telefoniert, aber das sind sechs, acht Wochen her.

Wie es ihm ging, fragst du. Ja, das weiß ich nicht. Am Telefon klang er wie immer. Aber warte mal, da fällt mir ein, er wirkte ein bisschen kränklich oder vielleicht deprimiert und dann sprach er sehr emotional über seine Beziehung zu Andro.

Ja, ich hab ihn einfach reden lassen, was sollte ich dazu sagen. Du erinnerst dich doch, dass ich mit seiner Liebschaft zu dieser Hochbegabung immer meine Vorbehalte hatte.

Nein? Das wusstest du nicht? Ach, und ich dachte, wir hätten darüber mal gesprochen.

Ach, komm lass mal, ich will jetzt darüber nicht reden. Nein, wirklich nicht, hör auf, mich zu löchern. Das sind doch seine Sachen. Lass ihn einfach machen.

Also, sag schon, warum rufst du an? Was treibt dich so um? Hast du ein neues Projekt? Sammelst du immer noch Möbel aus den sechziger Jahren?

Jetzt fängst du schon wieder mit Hans an. Was interessiert dich denn so an Hans? So ein gutes Verhältnis hattest du doch gar nicht zu ihm. Wie? Wie kommst du darauf? Wieso machst du dir Sorgen um ihn?

Er meldet sich nicht am Telefon? Und er öffnet auch nicht seine Tür? Naja, vielleicht ist er verreist. Das kannst du doch nicht wissen.

Ach so! Du hast immer seine Post für ihn aus dem Briefkasten an dich genommen, wenn er verreist war, soso.

Naja, ich verstehe, er hätte dich benachrichtigen müssen, wenn er verreist wäre.

Ja, ich erinnre mich, dass du oft in dem Bollemarkt einkaufen warst und ihn bei der Gelegenheit auch besucht hast.

Und jetzt warst du schon dreimal an seiner Wohnungstür und es war immer ruhig? Geklopft und geklingelt hast du? Hm, das ist wirklich merkwürdig.

Marga machte eine Pause.

Aus dem Telefon hörte sie die Stimme von Markus, der immer weiter redete, um sie von etwas zu überzeugen, was ihr völlig egal war. Was hatte sie noch mit diesen alten Kommunarden zu tun? Mit Hans verband sie sowieso kaum etwas. Der gehörte einer anderen Generation, ihrer Elterngeneration an. Hans war auch ganz anders als ihr Vater gewesen war. Hans war zwar eine gute Seele, aber auch irgendwie langweilig. Ihr Vater dagegen war voller Lebens- und Abenteuerlust, getrieben, lebenshungrig, risikobereit, eine faszinierende Persönlichkeit mit Charisma.

Marga griff wieder nach dem Hörer, den sie zwischendurch auf dem achteckigen Beistelltisch gelegt hatte und antwortete auf Markus eindringliche Stimme, nein nein, wir sind nicht getrennt worden.

Doch doch, ich habe alles gehört. Ja, also, was sollen wir nun machen? Was ist dein Vorschlag?

Was?! Du willst die Wohnung öffnen lassen?!

Und du möchtest mich dabei haben? Und warum?

Hm, ich verstehe, das könnte unangenehm werden, stimmt, ich wäre dann ein Zeuge.

Ja klar, auch weil ich ihn kenne. Ja, aber, sag mal, was ist mit Andro? Der kennt ihn doch viel besser.

Der ist auch nicht zu erreichen? Soso, er wollte verreisen. Zu wem? sagst du. Was? zu Irene und Freddie, na sowas, die leben noch? So? Da unten in der Nähe von Genua? Naja.

Also gut, wann und wo wollen wir uns treffen, um nach Hans zu schauen? Mach einen Vorschlag.

Gut, morgen Nachmittag um drei vor dem Haus. Ich werde da sein. Verlass dich drauf. Tschüss Markus.

8. Kapitel

Die Maschine hatte gerade abgehoben. Es war ein kleiner Schub im Flugzeug zu spüren, als der Boden zurückblieb.

In den hinteren Reihen, Andro saß in der Reihe 29, war die Vibration der Motoren deutlich zu spüren und der Lärm unangenehm laut.

Er hätte lieber vorne gesessen, aber bei den Billigfliegern wurden die Plätze in der Reihenfolge der Buchung vergeben, oder er hätte 15 € für einen besseren Platz ausgeben müssen. Aber er fand schon die 65 € für einen Flug nach Genua, es war ja nicht mehr als 1 Stunde Flugzeit, unverschämt. Für den Preis hätte er von Hamburg bis nach Lissabon fliegen können. Er wollte aber nach Genua oder genauer gesagt zu einem kleinen Dorf, ungefähr 1 Stunde entfernt von Genua, das versteckt in den Bergen lag und nur mit einem täglich verkehrenden Bus zu erreichen war, wie die SMS von Freddie mitgeteilt hatte. Soweit er gehört hatte, lag der Flugplatz von Genua zwar in Genua, aber irgendwie außerhalb.

Was das alles für ein Aufwand war, dachte er, als endlich die Anschnallzeichen erloschen und er den Gurt lösen konnte, der bereits unangenehm auf seinen Magen gedrückt hatte.

Irgendetwas war nicht in Ordnung mit dem Magen. Er hatte schon seit einer halben Stunde das unangenehme Gefühl brechen zu müssen und außerdem rumorte es in seinem Darm, so schlimm, dass der neben ihm sitzende Passagier, ein älterer Herr mit Spitzbart und hängenden Zügen, bereits mit leichten Kopfschütteln einen Seitenblick auf ihn geworfen hatte.

Ja, was sollte er machen. Er hatte gestern einfach zu viel von diesem Spanferkel mit der knusprigen Schwarte gegessen und jetzt wollte die eine Hälfte oben raus und die andere nach unten.

Entschuldigen Sie bitte, wandte er sich an den Nachbarn, ich muss mal raus.

Es waren ja zum Glück nur vier Reihen, die er überwinden musste und der Abort war auch noch frei. Schon beim Durcheilen des Ganges löste er den Gürtel, riss die Tür auf, die Hose runter und pflanzte sich auf das Chromklosett in der Gewissheit, dass er als erste Benutzer auf einer sauberen Schüssel saß.

Die Entleerung des Darmes klang in seinen Ohren so laut wie das Dröhnen des Flugzeuges. Es knallte und schoss nur so raus.

Als der Druck erleichternd nachließ, überwältigte ihn leider seine alte Angst vor zu engen Räumen.

Die Kabine eines Flugzeugs bedrohte ihn seit einigen Jahren nicht mehr so wie früher, aber die anderthalb Quadratmeter große Aborthülle, die kaum mehr als zwei Kubikmeter Luftraum hatte, ließen spontan unangenehme, bedrohliche Bilder in ihn aufsteigen, sein altes Trauma, das er seit Jahren vergeblich zu verdrängen suchte, die Erinnerungen an Torturen in dem Heim für aufgelesene Kinder in der Nähe von Marseille.

Unter den erneut auftretenden drückenden Bedingungen des Leibes, schien eine körperliche Ausgeglichenheit im Augenblick unerreichbar. Vor allem, als sich jetzt aus seiner Mitte der Druck weiter verstärkte und aufgrund des von hinten aufsteigenden Gestanks ein Würgereiz einsetzte.

Andro sprang auf, drehte sich um sich selbst und kaum hatte er den Kopf über der Schüssel, brach es aus ihm heraus, bröckchenweise, Schwartenreste, Chips, Säurefäden; und schon musste er sich wieder umdrehen, um den Darm von unglaublichen Flüssigkeitsmengen zu entleeren, wobei er mit dem den Kopf an das metallene Waschbeckens prallte.

Der Durchfall war zwar eine Erleichterung, aber keine Pause für den Brechreiz. Wie ein Kreisel tobte er in dem engen Abort um sich selbst, mal den Kopf in der Schüssel mal den Hintern auf der Schüssel. Ohnmächtig brach er schließlich zusammen und als er nach Sekunden wieder zu sich kam, sich vom Boden erhob und in den Metallspiegel sah, blickte er in ein Gesicht mit aufgesprungenen Lippen, blutende Augenbraue und einem Riss am Kinn.

Noch immer außer Atem, reinigte er die Platzwunden mit Wasser und den Schmutz seines Schlachtfeldes am Boden mit Papier. Dann starrte er auf das Gesicht im Spiegel, das ihn mit jener, wie er bisher vergeblich gehofft hatte, längst überwundene Vergangenheit konfrontierte.

Jemand bummerte an die Tür, noch einmal. Er hörte eine Stimme irgendetwas rufen.

Fuck you, kam es aus ihm heraus.

Der Ausruf brachte ihn langsam zu sich. Wieder blickte er bewusst in den Spiegel und sah sein beschädigtes Gesicht. Er lächelte, mühsam, einige Stellen schmerzten. Wieder klopfte es und diesmal konnte er die Worte verstehen:

Wie lange dauert das denn noch? Andere wollen auch drauf! Jaja, rief er zurück, ich bin ein Notfall!

Dann lächelte er seinem Spiegelbild wieder zu und wiederholte leise, ja, ja, ich bin ein Notfall. Mach dir nichts vor, Andro. Es gibt kein Ausweichen mehr. Schluss mit deiner Spielerei, mit der Vorstellung von Freiheit, von Wahlmöglichkeiten zwischen den Geschlechtern. Du hast keine Wahl, Andro. Du bist nicht Mann und nicht Frau, du bist einer von den ganz wenigen Hermaphroditen, die es auf der Welt gibt. Kapier das endlich! Und das ist nicht schön, das war nie schön, das gab immer Probleme, schwierige Probleme, die schlimmsten Probleme. Vor allem damals als du 13 warst oder war es noch früher? Nachts haben sie dich überfallen, dir die Decke weggezogen, im Kreis um dich herumgesprungen sind sie, mit den Fingern haben sie auf dich gezeigt und geschrien, gelacht, gejohlt. Sie wollten dich mit einem Baseballschläger vergewaltigen, erinnere dich nur ganz genau. Bis die Aufsicht kam, diese hart gesottene, gefühllose Person, die dich, statt dich zu beschützen, anschrie: Hast du wieder eines von deinen Unterhaltungsprogrammen abgezogen, Androline! Immer derselbe oder dieselbe. Wie hättest du es denn gerne Andro, Andra oder doch Androline!

Diese Person, die dich aus dem Schlamassel raus holte, trat dich, schlug dich, sperrte dich in ein Kabuff und vergewaltigte dich schließlich. Und du warst der Schuldige. Du warst immer der Schuldige. Warum? Wenn es doch bloß das eine Mal gewesen wäre, aber es waren hunderte Male in den Jahren deiner Heimatlosigkeit in diesem Heim. Muss das Schicksal eines Findelkindes so bitter sein?

Ach was, komm, lass das, Andro, es führt zu nichts, wenn du dir immer dasselbe vorjammerst. So ist dein Leben. So ist dein Leben geworden. Aber jetzt, jetzt hast du entschieden, die Schuld, alle Schuld auf dich zu nehmen, so zu handeln, selbst verantwortlich zu sein für alles, auch für das Unglück, dass du um dich herum verbreitest. Und er nickte sich Mut spendend zu.

Es war jetzt still geworden auf dem Gang draußen, nur das Dröhnen des Flugzeugs und die Abluftventilation waren hörbar.

Er zog den Slip hoch und die Hose, die immer noch am Boden lag, schnallte den Gürtel fest, stopfte das Hemd in die Hose, warf den unangenehm riechenden Pullover, den er wegen der Kotzerei ausgezogen hatte, über die Schulter, öffnete die Tür, sah in zwei verständnislos blickende Augen einer Flugbegleiterin, der er ernst zunickte.

Etwas schwach auf den Beinen trabte er zu der Reihe 29. Er hatte keine Ahnung wie viel Zeit vergangen war. Nachdem er den Herrn mit den hängenden Gesichtszügen wieder aufgescheucht hatte und sich setzte, leuchtete das Anschnallzeichen auf und der Sinkflug begann.

Als er aus dem Fenster blickte, begann das Flugzeug gerade in die Wolkendecke einzutauchen und viele kleine Tropfen gelitten an dem Außenfenster als Wasserstriche entlang. Die sonnige

Helligkeit vergraute und er wandte den Blick wieder nach vorne. Es war nichts von dem Gebirge zu sehen.

Aus seinem dumpfen Halbbewusstsein schreckte ihn die Stimme seines Nachbarn auf.

Geht es Ihnen nicht gut? fragte der besorgt, Sie sehen ganz bleich aus, kann ich Ihnen irgendwie behilflich sein? Wie wär's mit einem kleinen Schluck Cognac aus dem Notvorrat, den ich immer bei mir trage?

Jetzt merkte Andro erst, dass die Stimme mit einem italienischen Akzent überraschend angenehm klang und er drehte sich zu dem Mann mit einem, ach, nein danke. Lassen Sie mal.

Es entstand eine Pause.

Sein Nachbar versuchte es erneut, aber Sie brauchen Hilfe, das sehe ich doch. Sie sind völlig aus dem Ruder gelaufen. Entschuldigen Sie bitte die Redewendung, aber ich bin des Deutschen nicht so ganz mächtig.

Naja, sinnierte Andro, das stimmte, es klang wirklich ein wenig altmodisch.

Sie sehen angegriffen aus, bedauerte ihn sein Nachbar erneut, haben Sie viel Gepäck? Wo wollen sie eigentlich hin? Ich habe einen Wagen am Flughafen stehen, ich könnte Sie mitnehmen.

So verlockend dieses Angebot auch klang, in Andro sprangen alle Warnsignale an. Angebote älterer Männer hatte er zu viele in seinem Leben bekommen. Er blickte aus den Augenwinkeln zu dem offensichtlich gut situierten Herrn und überlegte, vielleicht mache ich mal eine andere Erfahrung als bisher und er sagte, ich danke für Ihr Angebot. Ich kann mich noch nicht entscheiden.

Aber, ich habe ja noch ein paar Minuten Zeit, nicht wahr? fügte er vorsichtshalber hinzu.

Haben Sie Freunde in Genua? der Fremde wurde nun doch ein bisschen aufdringlich, fand Andro. Warum wollte er das wissen? Steckte doch mehr als nur ein freundliches Angebot dahinter?

Andro zögerte, bevor er ein hm, hm von sich gab und, vielleicht werde ich abgeholt, sagte.

Er schaute angestrengt nach vorne auf die Rückenlehne, wollte sich nicht in die Karten blicken lassen. Die Werbung auf der Rückenlehne zeigte auf einem Aufkleber einen Hamburger mit einem Softdrink für 8 €. Darunter entzifferte er zum hundertsten Mal die Bildgeschichte aller möglichen Verhaltenshinweise im Falle des Flugzeugabsturzes. Er glaubte nicht, dass Menschen die Kabine ohne Panik verlassen würden. Und ob wirklich die Passagiere bei einer Brand- und Rauchentwicklung auf dem Gangboden robben würden, zweifelte er sehr an. Es gab immer Menschen, die über andere hinwegstiegen, um ihre eigene Haut zu retten. Wie würde er sich wohl verhalten, überlegte er noch, als sich sein Nachbar wieder durch einen Räuspern bemerkbar machte.

Ja ja, glaubte er sagen zu müssen, ich besuche alte Freunde. Die wohnen irgendwo in Ligurien.

Er kramte sein Handy hervor und fingerte an dem Menü herum. Als er gefunden hatte, was er suchte, sagte er, das Dorf heißt Tassorello und ihr Haus liegt in der Nähe einer kleinen Kirche, San Martino del vento. Ich hoffe sehr, dass sie mich abholen.

Er hatte das alles so detailliert von sich gegeben um dem Mann klarzumachen, dass er keinesfalls von ihm abhängig wäre und, dass er ein Ziel habe.

Insgeheim spekulierte er schon auf die Hilfe des Mannes, denn er wusste genau, dass er nicht abgeholt werden würde. Freddie und Irene wussten nichts von seiner plötzlichen Ankunft. Er hatte ihnen vor einigen Tagen nur eine SMS geschickt mit einer unpräzisen Besuchsabsicht und um ihre Adresse gebeten.

Das Flugzeug setzte auf, es war eine präzise Landung. Er sah durch das verkratzte Fenster das blaue Adriatische Meer mit den Schaumkronen blinken.

Die Maschine rollte aus, wendete und nun sah er die Stadt Genua beeindruckend in einem weiten Rund an einem Bergmassiv liegen.

Die Maschine zitterte noch einmal, dann war es ruhig, endlich. Er griff nach seinem Pullover und nach dem kleinen Rucksack, den er wieder angeschafft hatte. Alle Passagiere standen nun erwartungsvoll gelangweilt im Gang und warteten auf das Öffnen der Bug Tür. Dann bewegten sie sich langsam in Richtung Frischluft.

Um das Hilfsangebot nicht aus den Augen zu verlieren, blieb er dem Italiener dicht auf den Fersen.

9. Kapitel

Der schwarze Renault Megane, Baujahr 2012, lag fünf Meter tiefer von der schmalen Straße entfernt im Gehölz von Mastixbüschen auf dem Dach der Karosse, die Räder nach oben.

Auf der Straße stand das Fahrzeug der Gendarmerie Polizia di Stato, zwei der Agentes waren aus dem Wagen ausgestiegen und kletterten mühsam den Abhang hinunter um festzustellen, dass das Dach des Megane teilweise eingedrückt war und die Tür auf der Beifahrerseite sich leicht öffnen ließ. Sie war eigentlich nicht ganz verschlossen gewesen. Offensichtlich war der Beifahrer mit dem Leben davongekommen und verschwunden. Es gab an der Tür und auch an der Unterseite des Daches Blutflecke, aber weiter keine Spuren des Flüchtigen. Den Fahrer hatte es jedoch schlimm erwischt. Sein Kopf war nach hinten weg gedrückt, es sah nach einem Genickbruch aus.

Der Assistente Capo, schlank, groß, ein Autorität ausstrahlender Typ aus Piemont, der in das Fahrzeug hineingeklettert war, um mit seiner linken Hand den nicht mehr fühlbaren Puls des Verunglückten zu ertasten, befahl mit sonoren Bass aus dem Inneren, Agente Paolo, ruf die Zentrale an, wir brauchen hier einen Kranwagen und die Emergenza. Der Agente gab den Befehl an den dritten noch im Polizeiwagen sitzendem Agente Alessandro weiter, der die Anforderung an die Zentrale erledigte.

Die Polizisten waren auf der kurvenreichen Nebenstrecke Via Torquato Tasso Patrouille gefahren, als sie in der zunehmenden Dämmerung den Unfall entdeckten, anhielten und sofort mit der Untersuchung begannen.

Assistente Capo krabbelte aus dem Wrack und brummte vor sich hin, hier können wir nichts weiter machen, Agente Paolo, befahl er, klettere nach oben zur Straße und schau, ob du irgendwelche Bremsspuren entdecken kannst.

Agente Alessandro, der aus dem Polizeifahrzeug ausgestiegen war und den Befehl gehört hatte, rief nach unten, Assistente Capo, ich habe schon die Straße abgeschritten, konnte nichts finden, aber es ist auch schon sehr dunkel. Die Fahrbahn ist noch nass von dem Regen heute Nachmittag, wahrscheinlich sind sie einfach mit dem Wagen weggerutscht. Die Kurve ist ja auch recht eng.

Um die Wartezeit zu verkürzen suchten sie schließlich zu dritt die Fahrbahndecke nach Spuren des Unfalls ab. Was sollten sie sonst machen? Nach einigen Minuten entschied Assistente Capo, es ist einfach zu dunkel, wir können nichts mehr tun als warten, bis die angeforderten Kollegen kommen. Ich vermute, dass der Wagen mit geringer Geschwindigkeit über die Geländekante gefahren oder gerutscht ist, sich dann überschlagen hat und auf dem Dach die Fahrt beendet hat. Wenn hier eine Leitplanke in der Kurve gewesen wäre, hätte das Unglück vermieden werden können, fügte er noch an.

Aber, entgegnete Agente Paolo, dann wäre es vermutlich in einer anderen Kurve passiert.

Hey, meinst du denn, das Fahrzeug wurde absichtlich aus der Kurve gelenkt? forschte Agente Alessandro, aber dann wäre es ja ein Mordanschlag, er schlug sich mit der Hand vor den Mund, oh je, rief er, sag das bloß nicht laut, denn, wenn deine Vermutung richtig ist, haben wir einen komplizierten Fall hier vor uns und viel Arbeit.

Was meinst du, Assistente Capo? Brauchen wir Arbeit? Halt den Mund, Agente Paolo. Das will ich nicht gehört haben, wir gehen von einem Unfall aus.

Es dauerte dann noch eine Viertelstunde, bis der Kranwagen der Vigili de fuoco mit den ausgefahrenen Ausleger fest auf Fahrbahn stand, um den Megane mit einer an seinem hinteren Abschlepphaken befestigten Kette hochzuhieven. Das demolierte

Fahrzeug hing mit den Vorderteil nach unten wie ein Meeresungeheuer an der Angel in der Luft, als es Stück für Stück, angestrahlt von den Scheinwerfern des Kranes, empor gezogen, über die Straßenkante gehievt und vorsichtig auf die Räder aufgesetzt wurde. Mit einer Spreizzange öffneten die Feuerwehrleute die Fahrertür und überließen dem Medico di Emergenza die endgültige Diagnose der Todesursache.

Wie schon Assistente Capo festgestellt hatte, war an dem Genickbruch nicht zu rütteln. Der Tote wurde aus dem Unfallwagen herausgezogen und auf eine Trage gelegt. Der Medico stellte außerdem fest, dass der Tote keine weiteren Verletzungen aufwies und, dass auch der Airbag den Tod nicht hatte verhindern können, der vermutlich durch den Aufprall des Autos im Gelände eingetreten war.

Assistente Capo durchsuchte noch die Taschen und fand in der linken Sakko Innentasche das Gesuchte, Identitätspapiere, die er sicherstellte und dabei den Namen des Verunglückten vorlas: Signore Ricardo Gabari, aus Genua. Zum Glück, fuhr er fort, steht seine ganze Adresse hier, so können wir die Angehörigen morgen benachrichtigen. Aber was machte dieser Mann so spät in dieser verlassenen Gegend?

Der Renault Megan war inzwischen auf die Ladefläche des Kranwagens verladen worden, die Stabilisierungsausleger eingefahren und die Feuerwehrleute wollten sich vom Assistenten Capo der Gendarmerie verabschiedeten, als ein merkwürdiges Hasten, Knistern und Poltern aus dem Buschwerk am Fuße der Haarnadelkurve empor schallte. Auch ein undeutliches Rufen hörten die an der Straßenkante stehenden Agente Alessandro und Paolo.

Leuchte mal mit deiner Lampe nach unten ins Buschwerk, da bewegt sich etwas. Sie blickten angestrengt in die Dunkelheit der ligurischen Hügellandschaft, auf die Kronen der Schirmkiefern, die nur noch vereinzelt in Lichtreflexe als dunkelgrüne Wellenbewegungen erkennbar war, die Luft erfüllt von dem Rauschen der Nadelbäume und ihren unvergleichlichem Harzduft.

Paolo brauchte einige Minuten um mit dem Scheinwerfer den Kopf des gestrauchelten und sich wieder aufrappelnden Fremden zu erwischen.

Was machen Sie denn da unten, wo kommen sie her, haben sie sich verletzt? Alessandros Stimme klang echt besorgt.

Was ist denn los bei euch, rief Assistente Capo zu den beiden hinüber, ist der Beifahrer aufgetaucht?!

Ob es der Beifahrer ist, dass wissen wir nicht, antwortete Alessandro und rief in das Buschwerk, sind Sie der Beifahrer von dem Autowrack?

Ich kann seine Antwort nicht verstehen. Ich glaube, der ist kein Italiener.

Agente Paolo unterbrach ihn, das ist ein Deutscher, ich habe ihn verstanden, ihr wisst doch, dass ich in Deutschland gearbeitet hatte, in München, hatte ich das euch nicht schon einige Male erzählt?

Ja ja, das wissen wir, aber was sagt der Fremde?

Bisher hat er noch gar nichts gesagt, nur gefragt, ob wir ihm helfen können.

Inzwischen waren Assistente Capo und Medico di emergenza zu den beiden an den Straßenrand getreten und betrachteten den Deutschen, wie er sich aus dem Buschwerk befreite und sich an einer offenen Stelle mit einem Klimmzug auf die Straße hievte. Der Handscheinwerfer von Paolo beleuchtete einen schlimm zugerichteten Andro, sein Hemd war zerrissen, die Hose am rechten Bein blutverschmiert und eine Platzwunde am Kopf hatte sein Haar verklebt und die rechte Gesichtshälfte verunstaltet.

Ich kann nicht italienisch, erklärte er, heiße Andreas, komme aus Berlin, bin nach Genua geflogen und will Freunde hier in der Gegend besuchen.

Paolo übersetzte die Aussage und fragte dann spaßig aufgelegt, bist du etwa den ganzen Weg von Genua durch das unwegsame Gelände gelaufen? oder bist du etwa aus dem Auto geschleudert worden?

Was hast du ihn gefragt, Paolo? wollte Assistente Capo wissen und nach dessen Antwort rief er verärgert, lass den Unsinn, der Mann muss jetzt erst mal verarztet werden und dann nehmen wir ihn mit auf die Wache. Es wird auch kalt hier draußen.

Der Medico untersuchte die noch etwas blutende Platzwunde an der rechten Schläfe von Andro, säuberte sie und drückte die Stelle mit 2 Klammerpflastern fachmännisch zusammen. So, così si va di nuovo bemerkte der Arzt abschließend, buona guarigione.

Wo wohnen denn ihre Freunde? wandte sich Assistente Capo an dem Verarzten. Übersetz das mal Paolo. Hat er Tassorello gesagt? Das ist ja der Nachbarort von der Wache in Boasi.

Gut gut, also los, wir fahren, packt alles zusammen. A presto, Signore Medico, verabschiedete er sich von dem Arzt.

Auf der Wache in Boasi setzte Assistente Capo über den Hergang des Unfalls den üblichen Protokollbericht auf, soweit der Vorgang für ihn klar war und fügte nach der Vernehmung des Deutschen dessen Aussage hinzu, die er ihm vorlas: Herr Andreas war von Signore Gabari in dessen Wagen vom Flughafen Genua mitgenommen worden, weil er (der Zeuge) sich nicht wohl gefühlt hätte. Der Zeuge besteht in seiner Aussage ausdrücklich, dass er dieses freundliche Angebot sehr zu schätzen gewusst hätte. Signore Gabari hätte darauf bestanden ihn bis in die Ortschaft Tassorello zu bringen. Nach einer halben Stunde wollte der Zeuge Wasserlassen, aber es gab keine Tankstelle unterwegs auf der Strecke Via Torquato Tasso. Deshalb habe der Zeuge

Signore Gabari gebeten, an einer übersichtlichen Stelle anzuhalten, damit er (der Zeuge) seine Notdurft verrichten konnte. Die Tür des Wagens hatte er nur angelehnt, weil er ja gleich wieder einsteigen wollte. Aus für ihn (den Zeugen) unerklärlichen Gründen, sei der Wagen plötzlich auf der abschüssigen Straße losgerollt, bis zu der engen Kurve und dort verschwunden. Er selber (der Zeuge) hätte sich bei dem Vorgang so erschreckt (er war ja noch beim Wasserlassen), dass er das Gleichgewicht an der Straßenkante verloren hätte und den Hang hinuntergestürzt wäre. Dabei wäre er mit seinem Kopf auf einen Felsen aufgeschlagen und sein Hemd zerrissen. Mehr hätte er dazu nicht zu sagen, außer dass er seinen Rucksack vermisse und die ganze Zeit versucht hätte, durch das Dickicht zu der Stelle zu gelangen, wo das Auto abgestürzt sei.

Diese Aussage wurde von ihm persönlich als Wahrheit, reine Wahrheit unterschrieben und vom Assistente Capo gegengezeichnet, abgestempelt und abgeheftet.

Warum sollte Andro auf der Polizeiwache auch die andere, die wirkliche Geschichte erzählen. Nämlich die, dass er sich wieder mal belästigt gefühlt hatte von einem gut situierten Herrn, der, nach der ersten halben Stunde einer angenehmen Fahrt, versuchte ihn zwischen die Beine zu greifen, sodass er sich gezwungen sah, die Technik einer japanischen Kampfkunstart zu benutzen, die er in einem indischen Ashram bis zur Perfektion trainiert hatte. Und zwar in dem Augenblick, als er Signore Gabari gebeten hatte anzuhalten. Leider hatte der sich ein wenig gewehrt und noch geröchelt. Er musste zu einem zweiten Schlag ausholen um ihm das Genick zu brechen. Auf der abschüssigen Straße den Wagen im Leerlauf losrollen zu lassen und dann rechtzeitig hinauszuspringen war dann nur noch eine sportliche Leistung.

Seinen Rucksack und die vielversprechende Ledertasche des Signore Gabari, die auf der Rückbank gelegen hatte, hatte er an sich genommen und an einer anderen Stelle unter Buschwerk in dem unwegsamen Gelände gut versteckt. Er würde zurückkehren um sich die Dinge wieder anzueignen.

10. Kapitel

Es war ein regnerischer Tag und der Wind wurde immer stärker. Für einen Sommertag war es ziemlich kühl, so kühl, dass Marga in ihrem Gabardine Regenmantel fror. Sie stellte sich vom Wind geschützt vor die Eingangstür des Jugendstilhauses, an dem sie sich mit Markus verabredet hatte, überdacht von einem pompösen Portal aus dorischen Säulen und einem Architrav mit einem schmückenden Fantasiewappen.

Schon etwas ungeduldig, blickte sie nach links in Richtung Hohenzollerndamm und dann nach rechts, an dem schmiedeeisernen Vorgartenzaun entlang, in die Karlsbader Straße, ob Markus endlich auftauchte, ob er die von ihm vorgeschlagene Verabredung einhalten würde?

Es fehlten noch 3 Minuten und normalerweise war er immer etwas eher da. Um die innere Unruhe, die sie sich an diesem Tage gar nicht erklären konnte, zu begegnen, trat sie von einem Bein auf das andere. Endlich, und es war genau 15 Uhr, sah sie Markus aus dem gegenüberliegenden Bollemarkt herauskommen.

Er nickte ihr zu, eine Geste mit der Hand war unmöglich, da er in beiden Händen volle Plastiktüten trug.

Dieser Markus, konstatierte sie innerlich, ist doch wirklich ein Konsumenten Schwein. Wie der sich in der letzten Zeit verändert hat. Man könnte glauben, er hätte sein Gewicht verdoppelt.

Laut rief sie ihm zu, nun mach schon, komm rüber, ich warte mir schon die Beine in den Bauch.

Gemächlich trottete er über die Straße, ohne auf den Verkehr zu achten, in der scheinbaren Gewissheit, dass er nicht zu übersehen wäre.

Sei gegrüßt Marga, versuchte er mit einer seiner alten Floskeln die Verlegenheit zu überspielen.

Du hättest doch auch hinterher einkaufen können, erwiderte Marga, jetzt musst du die ganze Zeit die Tüten schleppen. Hast du den Schlüssel für die Wohnung von Hans?

Wie kommst du denn auf die Idee? antwortete Markus, ich habe immer geklingelt, wenn ich ihn besucht habe.

Und wie kommen wir in die Wohnung? Marga war verstimmt. Da verabredest du dich mit mir und hast gar keinen Zugang zu der Wohnung, das ist wirklich toll!

Naja, warte ab, beruhigte Markus die Erregte, ich habe den Schlüsseldienst bestellt und der muss auch gleich kommen.

Marga reagierte überrascht, den Schlüsseldienst? Wieso? Du lässt vom Schlüsseldienst eine fremde Wohnung aufmachen?

Ja, die machen alle Wohnungen auf, wenn du behauptest, dass es deine eigene sei.

Wirklich? ungläubig schaute sie Markus an, so einfach ist das? Das wusste ich nicht.

Naja, erklärte er selbstbewusst, du musst beim Aufmachen der Wohnung so tun, als wärst du dort zu Hause. Du darfst natürlich keine Überraschung zeigen. Ich dachte, dass es die beste Lösung wäre, um festzustellen, was mit Hans los ist. Sonst hätten wir den Hausmeister einweihen müssen oder die Polizei verständigen. Aber wir wissen doch gar nicht, ob er vielleicht doch verreist ist, was ich inständig hoffe.

Während des Gesprächs waren sie mit dem Aufzug in das zweite Geschoss gelangt und stellten beim Heraustreten aus dem Lift überrascht fest, dass der Mann vom Schlüsseldienst bereits vor der Wohnungstür wartete.

Irritiert fragte Markus, Herr Lange? Sind Sie der Monteur vom Schlüsseldienst? Hatten wir uns nicht um 15 Uhr vor dem Haus verabredet?

Ja klar, aber ich war bei einem Kunden schneller fertig geworden und wollte nicht zurück in die Werkstatt. Deshalb habe ich schon hier vor der Tür gewartet. Draußen, vor dem Eingang, war es mir zu unfreundlich. Aber sagen Sie mal, Herr Töpfer, Sie sind doch Herr Töpfer, nicht wahr?

Jaja, reagierte Markus sofort, Hans Töpfer, so wie es auf dem Namensschild steht.

Was mich wundert, wenn man hier eine Weile vor der Tür steht, ist der Geruch, der aus dem Inneren der Wohnung kommt. Halten sie irgendwelche Tiere? Naja, es kann mir ja auch egal sein.

Ja, trumpfte Marga jetzt vehement auf, das kann Ihnen wohl wirklich egal sein. Machen Sie einfach die Tür auf, damit wir endlich in unsere Wohnung kommen.

Markus blickte sie dankbar an und sie nickte ihm lächelnd zu. Sie musste ihn jetzt einfach unterstützen und auch eine Klärung der Situation herbeiführen, zumal der Geruch sehr auffällig war.

Mit einer handlichen Akku Bohrmaschine war das Sicherheitsschloss schnell aufgebohrt und konnte rausgeschlagen werden. Die Tür ließ sich daraufhin mühelos nach innen öffnen, da sie nicht weiter abgeschlossen war.

Markus betrat als erster die Diele und sah im vorderen Teil der Eingangshalle unter einer Decke eine menschliche Kontur sich abzeichnen, war es ein Körper?

Als er einen Arm sah, der herausragte, rief er spontan, ach, Scheiße! und schlug die Hände vors Gesicht. Als nächstes hielt er sich die Nase zu. Der Geruch war wirklich penetrant.

Marga blieb nach dem ersten Schritt in die Diele angewurzelt stehen und rief erschüttert, nein, das kann nicht sein! Hans! und rannte sofort zu einem der fünf Fenster, die die Eingangsdiele in ein grelles nachmittägliches Licht fluteten, um frische Luft herein zu lassen.

Nichts anrühren, rief sie Markus zu, als sie bemerkte, dass er die Decke über dem Körper wegziehen wollte.

Herr Lange stand noch im Türrahmen, sprachlos und es dauerte einige Augenblicke, bis er sich gefasst hatte, sagen Sie mal, Herr Töpfer, Sie wollen mich wohl an der Nase herum führen? Sie wollen doch nicht behaupten, dass Sie nicht wussten, dass hier eine Leiche liegt. Das ist doch äußerst merkwürdig. Das kann nicht sein. Und der Geruch? Wie lange waren Sie denn nicht in der Wohnung?

Marga trat an den Toten heran, schüttelte den Kopf und sagte entschlossen, wir müssen als erstes die Polizei benachrichtigen!

Die Polizei? Die Stimmen der beiden Männer klangen zweifelnd und abwehrend. Wirklich die Polizei?

Markus schüttelte seinen Kopf, warum die Polizei?

Der Monteur, noch immer an der Tür stehend, wandte sich zum Gehen und sagte, nein, bloß nicht, ich will damit nichts zu tun haben.

Halt, warten Sie, Herr Lange, hinderte Marga ihn am Gehen, bevor Sie verschwinden, müssen wir Ihre Personalien notieren. Sie sind doch ein wichtiger Zeuge!

Wozu brauchen sie denn einen Zeugen? konterte der verunsichert, ich habe doch gar nichts gesehen.

Naja, versicherte Marga, das ist schon richtig, aber Sie können doch bezeugen, dass wir, als wir gemeinsam die Wohnung betraten, genauso überrascht waren, wie Sie selbst.

Markus, mach dich endlich nützlich, stehe nicht so rum, nimm die Personalien von Herrn Lange auf, die Telefonnummer und seine Adresse.

Marga hatte zu dem Befehlston gegriffen, denn Markus stand schon geraume Zeit hilflos vor dem zugedeckten Körper und jammerte fortwährend, ich fasse es nicht, ich fasse es nicht.

Herr Lange schrieb das Nötige auf einen aus seinem Notizbuch herausgerissen Zettel, und dabei fiel ihm ein, ich bekomme übrigens auch noch 50 € für das Öffnen der Tür. Brauchen Sie eine Rechnung? Dann kostet es 70 €.

Ja, entschied Marga, weil Sie der Zeuge sind, brauchen wir auch eine Rechnung. Ich will jetzt schnell 112 anrufen und wenn die Beamten sofort kommen, könnten die auch noch ihre Aussage aufnehmen.

Ich hab keine Zeit, ich hab noch andere Kunden. Ich schreibe Ihnen jetzt eine Quittung, und wenn Sie eine richtige Rechnung brauchen, dann melden Sie sich noch einmal bei mir. Die Telefonnummer haben Sie ja jetzt.

Zwei Minuten später war er verschwunden.

Erschüttert vom Anblick des Toten, hatte sich Markus in den Ohrensessel fallen lassen.

Sein Gesicht war kreidebleich, als er sagte, das kann doch kein Unfall gewesen sein. Ich kann es nicht glauben, dass Hans einfach zusammengebrochen ist oder ein Herzinfarkt erlitten hat. Oder? Hat er sich am Boden liegend, vielleicht noch eine Decke über den Körper gezogen, weil ihm kalt war? Markus schüttelte seinen Kopf, wie lange er wohl schon so gelegen hat?

Jaja, stimmte Marga ihm bei, ohne wirklich zu zuhören. Sie hatte der Polizei ihren Namen und die Adresse gegeben und ging nun auf und ab. Von einem Ende zum anderen der Halle, zurück zu der noch offenstehenden Eingangstür, an dem Theaterspiegel vorbei, ohne einen Blick, wie es sonst ihre Art war, hinein zu werfen, zwischen den dunkelroten Polstermöbeln hindurch an der Anrichte vorbei, die bis auf eine Jugendstilschale leer geräumt war. Mit einem langen Blick auf die Schale verharrte sie dort.

Sie redete vor sich hin, wenn die Polizei kommt, werden wir es genau wissen, einstweilen werden wir nur spekulieren können. Der gute Hans, und sie nickte in sich hinein, ein feiner Kerl war er. Ohne sein Geld und ohne seine tolle Wohnung wären wir uns nie so nahe gekommen. Er hatte ja etwas Bizarres an sich, sein Hang zu Männern, zu jungen Männern, seine Pornovergangenheit, naja wie man's nimmt, trotz allem war er eine herzliche Seele und er hat doch gut in den drei Monaten, in denen wir hier zusammen lebten, für uns alle gesorgt. nicht wahr? Übrigens Markus, hattest du denn einen intensiveren Kontakt zu ihm? Ich meine in den Monaten nach unserer Trennung. In letzter Zeit hast du ihn doch einige Male besucht.

Ach nein, antwortete zögernd Markus aus seinem Sessel heraus, eigentlich nicht sehr intensiv. Unsere Beziehung war doch etwas oberflächlich, geprägt durch eine bestimmte Art von Männerwitz, so als Schutz, um nicht in die wirklichen Probleme einsteigen zu müssen. So haben wir uns damals in jener Eckkneipe kennengelernt, in der du uns ein paar Tage später getroffen hast und so ist es geblieben. Damals hattest du noch ein kahles Haupt, Marga, nur mit 'm Pony vorne dran, die Glatze, konnten wir ja nicht sehen, weil du immer so ein Hütchen trugst. Heimlich nannten wir dich damals das Ponyhütchen. Du weißt schon, nicht wahr? aus *Emil und die Detektive.*

Jaja, ich weiß, warf Marga beiläufig ein, das hatte ich schon mitbekommen. Sie hatte sich von dem Anblick der Glaskunst gelöst und trippelte langsam in Richtung Ohrensessel, in dem sich Markus in Sicherheit wähnte.

Aber, um auf Hans zurückzukommen, nahm er den Faden wieder auf, uns trennten doch mehr als 25 Jahre und ich war in jener Zeit ein Suchender, ein nach Liebe Suchender und Hans war doch schon ziemlich abgeklärt und versuchte immer Harmonie zu stiften, was mir unheimlich auf den Keks ging. Du erinnerst dich doch noch, Marga, an den Abend, als Irene auftauchte und sie mit mir wieder anbändeln wollte, wie du dazwischen gegangen bist, als ich mich mit Irene schlagen wollte und wie im Verlaufe des Abends Hans versucht hat, mich mit Irene zu versöhnen. Das war etwas, was ich überhaupt nicht an ihm mochte, auch wenn es durch dieses Zusammentreffen eine Woche später zu unserer intimen Beziehung kam, nicht wahr Marga? So gut wie mit dir habe ich nie wieder gevögelt.

Marga verdrehte in Anbetracht von Markus Körperfülle angewidert die Augen und ließ sich noch zu einem verstimmten, *times are changing*, hinreißen.

Markus hatte sich so in die Erinnerungen verloren, dass er die hämische Bemerkung nicht wahrnahm. Seine Augen blieben an dem Spiegelbild von Marga hängen. Sie hatte inzwischen den Raum durchquert und stand nun an einem der Jugendstilfenster. Ihre Silhouette zeigte sich in dem großen Garderobenspiegel, ohne dass sie bemerkte, wie seine Augen sie ununterbrochen fixierten.

Jaja, sagte sie träumerisch, ich erinnere mich an den Abend in der Szenekneipe. Ich fand damals Hans´ Harmoniestreben sehr hilfreich. Das war doch eine Fähigkeit, die uns alle, die ganze Wohngemeinschaft, zusammen hielt, und natürlich auch seine Lebensfreude und seine Lust auf Neues.

Sie überlegte, diese Lust auf Neues hat ihn ja auch zu Andro getrieben.

Ja, getrieben, warf Markus ein, er war jetzt wieder munter geworden und versuchte aus der Tiefe des Sessels aufzustehen, das ist der richtige Ausdruck für sein Verhalten. Hans war ja zeitweise nicht mehr Herr seiner Sinne. Andro konnte doch mit ihm machen, was er wollte also, ehrlich gesagt, Marga, ich habe Hans nicht verstanden, wieso er so närrisch nach Andro war. Auch als ich ihn besuchte, jetzt in den letzten Wochen, hat er mir ständig von ihm vorgeschwärmt. Seine Gedanken kreisten nur um ihn, ob Andro ihn noch mochte, ob er vielleicht wieder zu ihm zurückkehren würde, wie er sich anders verhalten sollte, um ihn zurückzugewinnen. Du kannst mir glauben Marga, ich konnte es nicht mehr hören. Aber andererseits tat er mir auch leid. Er war ja jetzt sehr allein in dieser Wohnung, deswegen habe ich ihn auch immer wieder besucht.

Das Dröhnen der Hauseingangstür beim Zufallen unterbrach das Gespräch. Jetzt waren die näher kommende Schritte aus dem Treppenhaus zu hören und dann traten zwei Polizeibeamte durch die offen stehende Wohnungstür.

Sind wir hier richtig? Bei Margarete Schneider? Sind Sie die Frau, die angerufen hat? Dabei blickten sich die Beamten in der Diele forschend um, dann ruhten ihre Augen auf den Körper unter der Decke. Was ist denn los? Ist ein Unfall passiert?

Marga bestätigte nickend, ja, ich habe angerufen, weil wir nicht wussten, was wir tun sollten, als wir in die Wohnung kamen und den Körper so liegen sahen. Wir wissen noch nicht mal, ob das der Körper von unserem Freund Hans Töpfer ist, dem Eigentümer dieser Wohnung. Wir hatten eine Weile nichts von ihm gehört, daher machten wir uns Sorgen und wollten einfach nach dem Rechten schauen, wie man so sagt. Und so haben wir ihn gefunden mit der Decke über den Körper. Wir haben auch nichts verändert. Wir wissen überhaupt nicht, was geschehen ist. Wir vermuten, dass er einem Herzinfarkt erlegen ist. Aber wir sind nicht sicher, es könnte ja auch ein Überfall gewesen sein.

Hm, brummte unwillig der ältere der Beamten, so um die 50, stämmig, mit harten Gesichtszügen, da hätten Sie doch erst mal einen Arzt rufen können. Der hätte Ihnen den Totenschein ausgestellt. Sind Sie Verwandte von Herrn Töpfer?

Nein, nein, griff Markus ein, wir sind, nein, wir waren gute Freunde von ihm. Er hat überhaupt keine Verwandten mehr.

Der jüngere Beamte, ein smarter Typ um die Mitte 30, mit Schnurrbart und Koteletten sah er Marlon Brando in der Rolle des Rebell in Viva Zapata zum Verwechseln ähnlich, hatte sich inzwischen über den Körper gebeugt und die Decke mit einem großen Schwung weggezogen.

Hey, rief er überlaut, das ist ja Blut, getrocknetes Blut und hier am Hinterkopf, schau dir das an, rief er seinem Kollegen zu, eine große Wunde. Das muss ein enormer Schlag gewesen sein!

Nein, nein, schrie Markus laut, sprang nun endlich von seinem Sessel auf und flüsterte dann, das ist ja furchtbar. Er drehte sich zu Marga, nahm sie in seine Arme, die herzerweichend stöhnte, und Hans, Hans herauspresste. Tränen standen in ihren Augen, die sie mit einem Handrücken schnell wegwischte.

Der Beamte mit dem strengen Gesichtsausdruck beugte sich nun ebenfalls zu dem Toten, betrachtete aufmerksam den Schädel und entschied daraufhin, wir müssen eine Meldung machen, ruf die Zentrale an: Sie sollen einen Gerichtsmediziner vorbei schicken, einen Fotografen und vielleicht noch einen von der Mordkommission. Das sieht wirklich nach einem Gewaltakt aus.

Er richtete sich auf stöhnend auf, griff dabei mit seiner Linken tastend an die eigenen Lendenwirbel, drehte sich vorsichtig zu Marga und Markus und polterte heraus, es war gut, dass Sie uns gerufen haben. Sie müssen jetzt leider mit zur Wache kommen und die Aussage bestätigen, die wir protokollieren werden.

Der Viva Zapata Beamte machte eine übertrieben einladende Geste, ihm zu folgen, während der Hauptwachtmeister sein Kreuz reibend am Ort zurückblieb.

Kurz vor dem Verlassen der Wohnung schreckte Markus plötzlich zusammen, schlug sich an die Stirn und brachte gepresst heraus, Marga, kann das sein, dass Andro?

Halt den Mund, reagierte sie blitzschnell, willst du uns in Teufels Küche bringen? Sieh dich vor, kein Wort davon bei der Polizei, flüsterte sie, hast du das verstanden?

Markus nickte eingeschüchtert und griff nach den zwei prallen Einkauftüten, die noch neben der Eingangstür draußen auf dem Podest lagen.

Als sie draußen auf dem Podest standen, der Polizist war bereits eine halbe Treppe tiefer, drehte sich Marga noch einmal um, gab Markus mit dem Zeigefinger der Linken auf ihren Mund einen unmissverständlichen Befehl und wies mit ihrer Rechten auf die kleine, weiß gestrichene Säule, auf den Sockel der Bronze *Die Kleine Stehende* von Giacometti, die dort nicht mehr stand.

Markus nickte schweigend, dann folgten sie ihren Pflichten.

11. Kapitel

Nehmen Sie bitte Platz, sagte der Kommissar, der wirklich wie einer der lässigen Tatortkommissare aussah, vertrauenserweckend, charmant, wissend, väterlich. Warten Sie hier in dem Vorzimmer. Ich habe noch eine andere Sache zu erledigen, aber danach kommen Sie gleich dran. Sie wollten einen Todschlag bezeugen, nicht wahr?

Marga schüttelte vehement den Kopf. Nein, wir wissen gar nicht, was wir bezeugen sollen, antwortete sie erregt, man hat uns nur gesagt, dass wir mitkommen sollen. Ob das nun ein Todschlag war oder sogar ein Mord, das wissen wir nicht, wir können es überhaupt nicht beurteilen und auch nicht bezeugen, denn wir waren ja nicht dabei.

Sie holte noch einmal tief Luft, bevor sie ausrief, wir haben ihn doch nur gefunden!

Jaja, beschwichtigte der Kommissar, beruhigen Sie sich. Das wird sich alles noch aufklären. Warten Sie bitte ein paar Minuten, dann werden wir gemeinsam das Protokoll aufsetzen. Nehmen Sie bitte erst mal Platz dort auf der Bank.

Marga stand noch mitten im Vorraum des Kommissariats, im Obergeschoss eines nichtssagenden Gebäudes und blickte angewidert auf die mit rotem Plastik bezogene unbequeme Sitzgelegenheit, die vor einer weiß gestrichenen Wand stand.

Sie setzten sich schließlich nebeneinander, Marga links von Markus, der die prallgefüllten Einkaufstüten neben sich auf den Boden gestellt hatte.

Der Kommissar verschwand hinter einer schalldichten Tür und sie waren in dem kargen Vorraum sich selbst überlassen, umgeben von polizeilichen Anordnungen und Suchhinweisen.

Markus legte seine linke Hand beruhigend auf ihren Arm, komm, lass mal, Marga, reg dich nicht auf. Es wird sich schon alles aufklären.

Sie holte tief Luft und setzte sich auf die mit einer Plastikfolie bezogene, an den Händen klebende Wartebank in Positur, Lass das, rief sie aufgebracht und schüttelte die Hand vom Arm. Du machst mich nervös, Markus. Ich brauch nur ein paar tiefe Atemzüge und dann bin ich wieder die Alte.

Hach, die Alte, versuchte Markus einen Witz, du bist doch überhaupt nicht die Alte, Marga, und du siehst auch nicht so aus.

Endlich hatte Marga sich soweit beruhigt, dass sie anfing umher zu blicken. Ihre Augen suchten einfach nach einer Ablenkung um die Zeit totzuschlagen. Dabei fiel ihr unter der Menge der Ankündigungen und Informationen ein kleines Plakat auf, es war die Abbildung der *Kleinen Stehenden* von Giacometti.

Sie deutete auf das Foto und flüsterte Markus zu, das ist doch die Bronze, die bei Hans in der Diele stand und jetzt nicht mehr dort steht. Wie kann das sein? Wieso hat die Polizei schon ein Foto von dieser Plastik veröffentlicht? Was steht denn auf dem Plakat?

Markus stand auf, durchquerte den Raum und las die öffentliche Bekanntmachung vor: Wenn Sie etwas über den Verbleib dieser Bronzeplastik *Die Kleine Stehende* von dem Schweizer Künstler Alberto Giacometti wissen, melden Sie sich sofort bei ihrer nächsten Polizeidienststelle.

Verblüfft drehte Markus sich um und sah Marga mit großen Augen sprachlos an.

Das ist ein Ding, brachte Marga noch heraus, als der Kommissar die Tür öffnete und sie beide hinein bat, kommen Sie bitte.

Lass mich reden, flüsterte sie Markus zu.

Na? gibt es Geheimnisse? bemerkte der Kommissar lächelnd und zupfte unbewusst an seinen wildwachsenden Brauen, die

Marga schon immer als sehr dekorativ an Schriftstellern wie Martin Walser bewundert hatte.

Aber nein, betonte Marga resolut ihre Absicht sich nicht einschüchtern zu lassen. Wir waren beide nur überrascht von dem Plakat da im Vorraum mit dem Foto von *Der kleinen Stehenden.* Bei diesen Worten setzt sie sich auf einen der Stühle am Schreibtisch des Kommissars und forderte den noch immer stehenden, verunsicherten Markus fürsorglich auf, nun setzt dich endlich auch hin.

Der Raum war doppelt so groß und hatte zwei Fenster mit dem Ausblick auf einen leeren Schulhof mit einer Kastanie. Die Wand hinter dem Kommissar war mit einem gerahmten Foto des Innenministers geschmückt. In der hinteren Raumecke stand ein braunfurnierter, mannshoher zweiflügeliger Büroschrank. Hinter der einen halboffenen Tür waren Akten und eine Kaffeetasse zu sehen. In der anderen Ecke an der Fensterwand versuchte ein Philodendron zu überleben.

Der Kommissar begann mit der Befragung.

Sie sind also Frau Margarete Schneider und Sie sind Herr Markus Töpfer?

Nein, nein, korrigierte Markus, ich heiße mit Nachnamen nicht Töpfer. Töpfer ist der Mann, der da in der Wohnung am Boden gelegen hat. Ich heiße Mueller, einfach Mueller, Markus Mueller.

Hahaha, Marga konnte ihr Lachen nicht unterdrücken. Markus Mueller, das ist zu komisch, MM wie dieser Markensekt. Das wusste ich ja gar nicht, dass du so einen banalen Nachnamen hast. Da kennen wir uns schon so lange und niemand wusste voneinander den Nachnamen. Zum Schießen, und sie lachte noch einmal aus vollem Hals.

Naja, Schneider, konterte Markus, ist ja nun auch nicht ein ausnehmend schöner Name, du kennst doch den Ausspruch,

Herein, wenn's kein Schneider ist. Marga blickte pikiert in die Luft.

Nun kommen Sie mal zu sich, ermahnte der Kommissar die beiden, was ist denn das für ein Theater!

Es folgte eine Minute unangenehmer Stille, bis der Kommissar die Befragung wieder aufnahm.

Also Margarete Schneider und Markus Mueller, was wollten Sie denn in der Wohnung von dem Opfer Hans Töpfer?

Wir wollten nach dem Rechten sehen, antworteten sie brav gemeinsam wie im Chor. Marga blickte Markus vorwurfsvoll an und machte unterhalb der Tischplatte mit ihrer Rechten eine beschwichtigende Bewegung.

Wir hatten uns Sorgen gemacht, begann Marga nun, weil wir schon so lange von Hans, also von dem Opfer, und ihre Stimme zitterte ein wenig, nichts gehört hatten.

Und da, unterbrach sie der Kommissar, lassen Sie die Tür einfach von einem Schlüsseldienst aufmachen?

Nun ja, beteuerte Marga, wir sind, ach nein, wir waren sehr gut miteinander befreundet und wir hatten auch einen Schlüssel von der Wohnung, aber der war uns irgendwie abhandengekommen, sie log perfekt, und da dachten wir, das einfachste wäre, das Schloss aufmachen zu lassen.

Hm, machte der Kommissar, naja, lassen wir das jetzt, es ist nicht so wichtig. Wichtig ist, dass sie also den Toten nicht angefasst haben. Sie haben das Opfer also in der Position angetroffen, wie die Polizei ihn aufgefunden hat?

Ja, das stimmt, antwortete Marga beflissen. Aber etwas möchte ich noch sagen, wegen des Plakats da draußen. Diese Skulptur, die stand immer in der Wohnung von Hans Töpfer, in der Diele und jetzt ist sie nicht mehr da. Wie konnten Sie diese Figur fotografieren? Sie ist ein Unikat und es gab bisher keine

Fotos von dem Werk. Ich weiß das ganz genau, weil ich mich schon lange mit Alberto Giacometti beschäftigt habe.

Der Kommissar blickte sie mit einem verwunderten Blick an, worauf sie selbstbewusst erklärte, ich habe Kunst studiert und bin Kuratorin für Ausstellungen.

Ach ja? bemerkte der Kommissar spitzfindig, aber dann sagte er sehr ernst, das ist schon ein Ding, was Sie mir da berichten. Habe ich das richtig verstanden? Sie behaupten, diese Figur da draußen auf dem Plakat, stand immer in der Wohnung von dem Herrn Hans Töpfer?

Marga und Markus nickten übereinstimmend.

Soso, redete der Kommissar mehr zu sich selber, dann haben wir ja praktisch den Hinweis schon bekommen, den wir brauchten, das Zwischenglied für die Aufklärung eines anderen Mordes, murmelte er vor sich hin.

Wie elektrisiert beugten sich Marga und Markus vor, als wollten sie den Kommissar anspringen.

Also ist Hans ermordet worden?! riefen sie erregt, wie mit einer Stimme.

Marga beharrte auf eine exakte Antwort, weiß denn die Polizei bereits, dass Hans Töpfer wirklich ermordet worden ist?

Ja, allem Anschein nach, sieht es so aus, resümierte der Beamte. Und dann fragte er unvermittelt, haben Sie denn einen Verdacht, wer das getan haben könnte?

Die beiden schwiegen vielsagend bedrückt, blickten zu Boden und schüttelten ihre Köpfe.

Nach einer Pause hörten sie die beschwörende Stimme des Kommissars, ich vermute, sie wissen doch mehr, als Sie zugeben wollen, etwas, was Sie mir nicht sagen wollen, beharrte die Stimme, vielleicht irgendeine Vermutung? Beabsichtigen Sie eine Person zu decken?

Eine unangenehme Stille breitete sich aus.

Kommen Sie mal mit, forderte die Stimme sie auf. Ich zeige Ihnen noch etwas. Nebenan haben wir einen Projektor stehen. Ich will Ihnen eine Aufnahme einer Überwachungskamera zeigen. Möglicherweise erkennen Sie darauf eine Person. Zumindest werden sie die Bronzeskulptur von Alberto Giacometti wieder erkennen.

Sie erhoben sich beide, blickten auf den Rücken des vor ihnen gehenden Kommissars, der trotz seiner sympathischen Brauen auf Marga gar nicht mehr väterlich vertrauenserweckend wirkte.

Marga wechselte mit Markus einen verunsicherten Blick, als sie in den anderen Raum wechselten und flüsterte ihm zu, ich ahne Schreckliches.

12. Kapitel

Ich habe Ihnen doch schon mehrmals gesagt, dass ich weder ein Totschläger noch ein Mörder bin, ich habe mit dem Fall nichts zu tun, verteidigte sich mit heiserer Stimme Uli Bootsmäss, ein Mann um die 30, der von einer Polizeistreife in jener U-Bahn-Station festgenommen worden war, und zwar vor der Tür der Herren WC-Anlage, in welcher einige Tage zuvor die Leiche eines Mannes in einer Abortzelle erschlagen aufgefunden worden war.

Die Identität des Opfers war bislang noch ungeklärt. Es waren keine Ausweispapiere bei dem Toten gefunden worden.

Die Polizei hatte nach dem Fund ihre Streifen verstärkt auf die U-Bahn-Stationen konzentriert.

Der Polizist, der den Mann als verdächtig festgenommen hatte, hatte sich aus einem unbewussten Bauchgefühl heraus immer wieder in der Vorhalle aufgehalten und aus der Position der Videokamera die gegenüberliegende Tür der WC-Anlage ständig im Auge behalten. Vermutlich hatte er zu viele Kriminalromane gelesen in denen beschrieben worden war, dass Täter immer wieder an den Ort ihrer Tat zurückkehren würden.

Auf jeden Fall hatte er die Gesichter der beiden Männer, die von der Kamera beim Verlassen der WC-Anlage aufgezeichnet worden waren, im Großhirn auf Abruf gespeichert. Deshalb war ihm die Ähnlichkeit des 30-jährigen Mannes mit dem Bild seiner Erinnerungs-Software aufgefallen und er hatte ihn festgenommen.

Gewehrt hatte sich der Verdächtige bei der Festnahme nicht, jedoch anhaltend gerufen, ich bin unschuldig. Ich weiß nicht, was Sie von mir wollen. Ich wollte doch nur Wasser lassen.

Es waren nun seitdem bereits mehrere Stunden peinlicher Befragungen vergangen und Kommissar Petermann, der den

Mordfall bearbeitete, zupfte erschöpft von den anhaltenden Unschuldsbeteuerungen des Verdächtigen an seinen Brauen.

Nun, Herr Unbotmäßig, beschreiben Sie noch einmal genau den Tag, die Stunde, die Minuten, die Sie an dem betreffenden Tage in der WC Anlage der U-Bahn-Station verbracht haben.

Wie oft wollen Sie das denn noch hören, Herr Kommissar? Außerdem heiße ich nicht Unbotmäßig, sondern Uli Bootsmäss mit zwei o in der ersten Silbe und zwei s am Ende. Also, bitte lassen Sie mir wenigstens die Namenswürde, wenn Sie mich hier schon so lange festhalten.

Uli Bootsmäss, 32 Jahre alt, offiziell als Arbeitsloser gemeldet, studierte trotzdem an der FU Philosophie mit Schwerpunkt auf den Deutschen Idealismus, speziell Johann Gottlieb Fichte, den Begründer des idealen Egozentrismus.

Er erklärte noch einmal in seiner präzisen, umständlichen Art jene unglückseligen Minuten, die er in der, seinen Angaben nach, leeren WC-Anlage verbracht hatte.

Ich wollte eigentlich nur urinieren und war deshalb die Treppe zur Vorhalle der U-Bahn Station hinuntergegangen, weil ich diese Anlage schon gelegentlich benutze, wenn ich auf dem Weg zur Universität bin. Ich beliebe immer sehr viel Wasser zu trinken, aus dem Gesundheitsaspekt, verstehen Sie, Herr Kommissar?

Ich spürte also an diesem Tag ungewohnt einen starken Ent-leerungsdrang, der bei mir im Allgemeinen nicht sehr regelmäßig auftritt. Es blieb mir daher nur die Wahl, diesem unangenehmen Gefühl nachzugeben und in den Untergrund hinabzusteigen.

Bootsmäss räusperte sich ausgiebig, bevor er erneut an-setzte, und ich wiederhole, die Toilettenanlage war leer bis auf die kleine Statue, die ich aber erst beim Hinausgehen entdeckte. Sie stand wie verloren, vergessen, was weiß ich, auf dem Boden gleich neben dem Waschbecken.

Er dachte angestrengt nach, wobei er mit den Händen über seine ungewaschenen Haarfransen strich.

Es kann schon sein, fuhr er fort, dass noch jemand oder sogar zwei Personen in den Abortzellen waren, aber ich habe davon nichts bemerkt, denn es war total still, d.h. es liefen natürlich die Wasserströme der Urinale und eine leise Fahrstuhlmusik erklang, obwohl es ja dort gar keinen Fahrstuhl gibt, aber Sie verstehen schon, was ich meine, nicht wahr?

Kommissar Petermann konnte nicht umhin, seine Augen zu verdrehen und wieder an seinen Brauen zu zupfen, er drängte auf weitere Informationen, also was haben Sie da nun gemacht, aber genau, kurz und exakt, bitte!

Ja, wenn Sie das alles noch einmal hören wollen. Also, ich habe meinen Hosenschlitz aufgeknöpft, habe mein Glied herausgeholt und das selbige über die Urinal Anlage aus Nirosta Stahl gehalten, die dort die ganze Wandbreite ausfüllt. Es spritzte und Wasser lief aus den Düsen herab um diesen unangenehmen, widerlichen Geruch zu unterbinden, der sich ja in allen Pissoirs wie ein schlecht ausgewrungener Scheuerlappen auf das Gemüt legen kann.

Uli Bootsmäss genoss seine Formulierungen und hörte mit Behagen dem Klang seiner Stimme nach, bevor er sich bequemte weiter zu reden, dann habe ich meine Hose wieder zugeknöpft, mich umgedreht und, ich glaube, ich habe auch noch an den Türklinken der Abortzellen gerüttelt, ja und dann, als ich mich umdrehte, sah ich diese Statue auf dem Boden und ich wusste sofort, dass das ein Giacometti war, ein Original, das man doch nicht einfach stehen lassen durfte.

Stolz auf seine Aussage blickte er verständnisheischend den Kommissar an, der leider überhaupt keine Reaktion zeigte. Enttäuscht von der fehlenden Aufmerksamkeit, sackte er auf dem Stuhl zusammen und nahm mit abgeschwächter Stimme seine

Beschreibungen wieder auf, wobei seine Augen durch eines der Fenster des Kommissariats über die freie Fläche des Schulhofes schweiften.

Ich wollte sie, sagte er, auf jeden Fall sofort in das Fundbüro bringen, aber dann habe ich sie doch bei mir zu Hause aufbewahrt um sie zu betrachten. Ich hatte *Die Kleine Stehende* noch nie gesehen, aber mir war sofort klar, dass sie das Werk von Alberto Giacometti sein müsste. Ich hob sie also auf und verließ die Anlage, stieg die Treppe wieder hoch und setzte meinen Weg fort d.h. ich bin an dem Tag nicht in die Universität gefahren, sondern zurück nach Hause gegangen wegen der Statue, verstehen Sie?

Soso, machte Kommissar Petermann, Sie sind also nicht an diesem Tag in die Universität gefahren, hatten Sie keine Vorlesungen oder warum haben Sie sich anders entschlossen?

Ja, wissen Sie, die Freiheit der Wissenschaft ist mir das oberste Gebot. Deshalb wollte ich erst mal erforschen, ob es sich wirklich um ein Werk von Giacometti handelte. Unter Umständen würde mir bei der Rückgabe an den Besitzer ein Finderlohn zufallen, dachte ich noch.

Wissen Sie, meine Studien an der Universität kann ich nach Lust und Laune jederzeit unterbrechen und wieder aufnehmen.

Bootsmäss lächelte selbstzufrieden vor sich hin, zupfte an den auf dem Kragen liegenden Haaren, die nur noch seinen Hinterkopf strähnig bedeckten und faltete seine gepflegten Hände zu einer Mudra, die im Zen Buddhismus zu einer heiteren Erlösung führen kann.

Kommissar Petermann betrachtete den Zeugen mit Widerwillen, den er sich nicht anmerken ließ. Seine Augen streiften über dessen schon etwas abgetragene braune Joppe mit aufgenähten Ellbogenschützern, die in den englischen Clubs des neuzehnten Jahrhunderts in Mode gewesen war. Das karierte

Holzfällerhemd unter der Joppe sah abgetragen aus, andererseits war es farblich raffiniert abgestimmt, resümierte der Kommissar Petermann für sich die Betrachtung abschließend.

Gut, beschloss er, dann werden wir damit das Protokoll beenden und, wenn Ihnen nichts mehr dazu einfällt, können Sie erst mal wieder nach Hause gehen. Es ist Ihnen hoffentlich klar, dass Sie für uns noch als dringend tatverdächtig gelten, solange wir den zweiten Mann nicht dingfest gemacht haben. Sie haben leider kein Alibi. Es ist sehr wahrscheinlich, dass wir Sie wieder befragen müssen. Vielleicht müssen wir Sie auch in Untersuchungshaft nehmen. Halten Sie sich bitte zu weiteren Auskünften bereit. Die Skulptur werden die Kollegen als Beweismittel noch heute bei Ihnen sicherstellen. Unterschreiben Sie jetzt hier das Protokoll.

Jaja, Bootsmäss fasste sich an den Kopf, da ist doch noch etwas, das mir jetzt deutlich im Ohr klingt.

Ja, machte erfreut der Kommissar, was es ist?

Ich erinnere mich, dass ich vor mich hin gepfiffen habe, als ich uriniert habe, jaja, so war es.

Hilft das Ihnen weiter? fragte er wegen seiner verzögerten Realitätswahrnehmung verwundert vor sich hinlächelnd, bevor er sich dann erhob um dem Kommissar seine Hand zu reichen, die jener nur mit den Fingerspitzen berührte.

Kopfschüttelnd vor sich hinmurmelnd, Menschen gibt es, wandte sich Petermann nach dem Zuschlagen der Tür seinem durstigen Philodendron zu.

13. Kapitel

Freddie, komm mal her, Irenes Stimme klang erregt, da kommt ein Fahrzeug.

Was sagst du? Ein Fahrzeug, hier zu uns? In diese Wüstenei?

Vielleicht ist es der Padre, der zur alten Kapelle will; dann muss er ja an unserem Haus vorbei. Bei diesen Worten stellte er sich neben Irene und legte seinen Arm um ihre runde Taille.

Na, dann warten wir mal ab, sagte er lässig, wer uns da besuchen kommt.

Das Geräusch des Fahrzeugs kam näher. Ein großer Busch, ein Mastixgehölz, behinderte noch die Sicht. Eine Staubfahne verlor sich im Blau des Horizontes.

Nach dem Klang zu urteilen, bemerkte Freddie, ist es ein Diesel, der Pope fährt aber einen Benziner.

Endlich wurde das Fahrzeug hinter dem riesigen Pistazienbusch sichtbar und sie erblickten den Jeep der örtlichen Polizei.

Ungläubig starrten sie auf das dunkelgrün lackierte Auto mit der Warnanlage auf dem Dach. Die beiden Insassen, Agente Paolo und Agente Alessandro grüßten mit einem Hupkonzert.

Der Wagen kam von ihnen zu stehen und beide Polizisten sprangen lachend heraus.

Buon giorno, rief Alessandro und auf Deutsch, wir haben eine Überraschung für euch, wir bringen einen deutschen Gast.

Irene und Freddie waren sprachlos, standen wie angewurzelt noch an derselben Stelle und begrüßten schließlich die Agentes mit einem freundlichem, buon giorno.

Irene versuchte mit ihrem holprigen Italienisch die wachsende Unsicherheit zu überspielen, un ospite? Soso? Chi può essere? Wer kann das denn sein?

Bevor die beiden Polizisten eine Erklärung abgeben konnten, kletterte bereits der lädierte Andro aus dem hinteren Teil des Wagens heraus.

Na, das ist ja eine unwirkliche Überraschung, gab Freddie als Begrüßungsfloskel zögernd von sich, auch um eine zunehmende Unruhe zu vertuschen.

Ja, Andro?...., wie siehst du denn aus? sprang Irene mit einer gespielten Herzlichkeit Freddie zur Seite, komm, lass dich mal umarmen, alter Kumpan.

Vorsichtig ging sie auf ihn zu, beugte sich ihm sacht entgegen, ohne seinen Körper zu berühren und legte beide Hände auf seine Schultern.

Sei uns willkommen, sagte sie betont förmlich und fügte dann verbindlicher an, was ist dir denn geschehen? Ein Pflaster auf dem Schädel, eine halb zerrissene Hose und das Hemd sieht ja auch recht mitgenommen aus.

Agente Paolo und Agente Alessandro standen noch an ihrem Fahrzeug, beobachteten unbeteiligt das Geschehen und fühlten sich zunehmend überflüssig. Sie stapften verlegen von einem Bein auf das andere, bis Alessandro schließlich auf Deutsch sagte, ja, dann wollen wir mal wieder. Wir hatten nur den Auftrag den Deutschen zu seinem Ziel zu bringen, nachdem er die vergangene Nacht bei uns auf der Dienststelle verbracht hatte. Wir hatten ihn nämlich gestern nach einem Unfall von der Straße aufgelesen. Aber das kann er ja selber erzählen.

Und damit schwangen sie sich in ihr Fahrzeug, setzten zurück, wendeten und fuhren hupend davon, eine Staubwolke hinter sich herziehend.

Nun, Andro, alter Kumpel, bemühte sich Freddie um den wirklich nicht gut aussehenden, ehemaligen Wohngemeinschaftler. Jetzt erzähl mal, was denn gestern passiert ist? Wovon haben die beiden Agentes gesprochen? einen Unfall hattest du?

Andro winkte lässig ab, ach, das ist doch alles nicht der Rede wert. Er analysierte blitzschnell die Lage, die Stimmung zwischen den beiden und wie sie mit der Situation zurechtkamen.

Aber, wendete sich Irene besorgt an ihn, so, wie du aussiehst, ist das wohl schon einer Rede wert. Also, erzähl schon, was ist gestern passiert?

Nun, gab Andro von sich und dachte kurz nach, wie er die Geschichte diesmal ausmalen könnte.

Ich war auf den Weg zu euch auf einer gut ausgebauten Landstraße unterwegs. In einem größeren Ort hier in der Region war ich aus einem Bus ausgestiegen, ich weiß den Namen des Ortes nicht mehr, sagte er schnell, als er bemerkte, wie Irene zu einer Frage ansetzte.

Also, ich lief da mit meinem Rucksack auf dem Rücken, vergnügt vor mich hin pfeifend, am Rande der Straße und ihr wisst ja, die Straßen sind nicht breit hier, und freute mich schon, euch bald wiedersehen zu können, als zwei Limousinen mit ziemlich hoher Geschwindigkeit auf meiner Höhe zusammen trafen und um nicht zusammen zu stoßen, scherte der Verrückte auf meiner Seite, also da, wo ich lief, seitlich aus und schubste mich den Abhang hinunter, in die Büsche. Und stellt euch vor, betonte er leidenschaftlich, sie fuhren einfach weiter, ohne sich um mich zu kümmern. Stellt euch das vor! Richtig erbost betonte er den letzten Satz.

Ach du Armer, versuchte Freddy sein begrenztes Mitleid zu äußern.

Irgendwie kam ihm die Geschichte nicht ganz geheuer vor, aber unter diesen Umständen, so zerschunden wie Andro aussah und in Anbetracht der alten Wohngemeinschaftserlebnisse war ein freundliches Entgegenkommen halt nicht zu vermeiden.

Die Hunde kläfften und Andro zuckte zusammen, ach, herrje, motzte er, Hunde habt ihr auch?

Irene, die zwischenzeitlich kurz in das Haus gegangen war, kehrte mit einer alten Hose von Freddie in der Hand, einer ausgedienten Jacke und mit einer fürsorglichen Miene zurück.

Hier, Andro, nimm erst mal die Sachen und zieh dich um. Wenn du willst, kannst du auch eine Dusche nehmen. Die Dusche ist hinterm Haus im Freien. Später essen wir zusammen Ravioli, Freddies Leibgericht, macht er besonders gut, behauptete sie lachend und nickte Freddie aufmunternd zu.

Unter dem großen alten Olivenbaum, der seine Zweige schützend über die Hütte streckte, saßen die drei eine Stunde später und genossen die von Freddie im Topf erhitzten Ravioli, die er in einem Vorratsschrank als Fertiggericht in Büchsen aufbewahrte und für solche unvorhergesehenen Besuche vorrätig hielt.

Zur Verfeinerung hatte er ein bisschen saure Sahne dazu gegeben und wilden Majoran darüber gestreut, den er zuweilen bei Wanderungen in der Umgebung sammelte und trocknete.

Zur Feier des Tages hatte er auch ein Stück seines teuren Parmesans, auf den er als Geschmacksverbesserer besonders großen Wert legte, geopfert. Dazu kredenzte er aus einer zwei Literflasche einen örtlichen Rotwein, den er in der Trattoria des Ortes für wenig Geld regelmäßig besorgte.

Sie waren beim Wein schon ziemlich bis auf den Grund der Flasche angelangt und entsprechend ausgelassen.

Von den Ravioli, rief Andro übermütig, hättest du die doppelte Portion machen können, so was Gutes habe ich schon seit Tagen nicht mehr gegessen.

Mir scheint, bemerkte Irene lachend, dass du wohl seit Tagen überhaupt nichts gegessen hast. Aber jetzt hast du ja eine ordentliche Masse Nudeln im Leib und kannst uns etwas von den Veränderungen erzählen, die dich zu uns getrieben haben.

Sie setzte sich aufrecht an den alten Tisch, legte beide Hände auf die Holzplatte und blickte neugierig auf ihren Gast. Ihre lockigen Haare hatte sie heute mit einem Gummiband nach oben zu einem wilden Schopf gebändigt, der in den Himmel zeigte und von dem aufkommenden Abendwind hin und her bewegt wurde.

Andro wischte sich mit dem Ärmel die Tomatensauce vom Kinn und griff nach dem noch einmal gefüllten Rotweinglas, als er, Irene abschätzend fixierend, antwortete, ja aber, es gibt eigentlich nicht viel zu erzählen, außer dass du gut beobachtet hast, was meinen Appetit angeht. Vor 2 Tagen habe ich nämlich das letzte Mal so reingehauen, was leider ein Riesenfehler war. Stellt euch vor, beim Flug sind doch die Reste eines Spanferkels in der Abortschüssel des Fliegers gelandet. Seitdem habe ich tatsächlich nichts mehr gegessen.

Er lachte kurz auf und verzog bitter sein Gesicht, als er an das Erlebte dachte und erneut diese Notfall Gefühle aufstiegen, die er jetzt unbedingt vermeiden wollte, aber nicht abwehren konnte.

Um den belastenden Empfindungen zu entgehen, verfiel er kurzentschlossen auf eine neue Story von einem Abschiedsessen mit Hans, dem er so viel verdanke und den er trotzdem endgültig verlassen wolle. Er beschwor, wie sie sich an dem Abend immer wieder ihrer ewigen Freundschaft versichert hätten, sich in den Armen gelegen und mit Champus darauf angestoßen hätten.

Dabei blickte er selbstzufrieden in die Augen von Irene und dann in die von Freddie, immer wieder hin und her wechselnd. Und als er sich endlich ihrer wohltuende Aufmerksamkeit sicher glaubte, überließ er sich ganz seiner überbordenden Fantasie und spann seine Geschichten weiter aus.

Wisst ihr eigentlich, dass ich bereits schon einige Wochen in der Wohnung von Hans ein Zimmer hatte, bevor ihr dort auch eingezogen seid?

Irene kniff ihre Augen zusammen und wollte etwas fragen.

Aber er negierte ihre Reaktion, redete und redete, Hans hatte mich doch vom Asphalt aufgelesen, auf dem ich mit einem gekaperten Kinderwagen als Trebemutter durch die Welt gezogen war. Ihr könnt euch ja nicht vorstellen, was alles in so `nem Kinderwagen reinpasst, und wenn de noch n Kopftuch umbindest, dann kannst de als Trebemutter `ne Menge Mitleid erzeugen.

Andro strahlte, als er von seinen Erinnerungen überfloss, so bin ich durch Europa gezogen, Monate um Monate, alles im allen waren es ja Jahre. Jahre der Freiheit und der Unabhängigkeit. Wenn ich Geld brauchte, habe ich zwischendurch in Pornoshows gearbeitet. Als androgyner Typ bekam ich immer eine Rolle, es gibt doch ganz wenige Hermaphroditen.

Sprachlos verfolgten Irene und Freddie die Story, die Andro ihnen auftischte.

Ja ja, sinnierte er, es war ein unruhiges Leben, viel umher gekommen und keinen Platz zum Bleiben gefunden….

Der Wind wurde stärker und rauschte durch die Blätter des Olivenbaues. Ihre Aufmerksamkeit wurde vorübergehend von den Klickgeräuschen vertrocknete Kerne absorbiert, die auf den Boden und die Tischplatte fielen, bis Andros Stimme wieder die Abendatmosphäre ausfüllte.

Mit 20 hatte ich richtig Glück gehabt, Glück, das mir eigentlich von meiner Herkunft zusteht, trumpfte Andro auf, denn ich komme aus einer gutsituierten Familie, aus dem Bürgertum, ja wohl, da staunt ihr, was? Seine Augen glänzten.

Wenn mein blöder Vater nicht meine Mutter verlassen hätte, hätte sie sich nicht umgebracht und ich wäre nicht mit 2 Jahren in so´n schreckliches Heim gekommen, er schluckte, starrte vor sich hin, fasste sich und erzählte, die trostlosen Gefühle wegscheuchend, im heiteren Jargon weiter.

Ja, also, mit 20 lernte ich eine Frau kennen, die fünf Jahre älter war und die mich geliebt und gefördert hat. Über Nadine bin ich in dieses Pornogeschäft gekommen. Sie war die erste Person, die mir so etwas wie ein Selbstwertgefühl gegeben hat, das Gefühl, dass ich auf mein Doppelgeschlecht stolz sein könnte, dass es da gar nichts zu lachen gäbe, dass ich etwas ganz Besonderes sei. Ihr könnt mir glauben, das hat mir richtig gut getan.

Er verlor sich wieder einige Minuten in Gedanken. Irene und Freddie schauten sich unangenehm berührt an, zuckten mit ihren Schultern. Was sollten sie dazu sagen?

Leider, begann er erneut, ging das Leben weiter und Nadine ging auch weiter. Ja, so war es mit dem Glück, setzte er noch theatralisch hinzu, bevor er endgültig schwieg, um sich blickte, in die Realität zurückkehrte und Irene fixierte, als wäre sie eine erinnerte Person aus seiner Geschichte.

Er fand sie zwar proper In ihrem Overall, den sie gut ausfüllte, aber er mochte Irene eigentlich überhaupt nicht. Bei dem klaren Blick ihrer strahlenden Augen aus der wohlgenährten Visage mit der auffallend gesunden Gesichtsfarbe, fühlte er sich im Moment ziemlich unbehaglich an dem Tisch. Aber nun war er hier und hatte sich vorgenommen seine Gastgeber für sich einzunehmen.

Die spürbare Distanz, die zwischen ihnen fühlbar wurde, beunruhigte ihn so sehr, dass er sich entschloss, den Augenblick des Seins zu beschwören.

Die Wärme der späten Nachmittagssonne auf dem Gesicht auskostend, begann er von dem Moment des Hier und Jetzt zu schwärmen. Ach wisst ihr, dass ihr beide hier so schön wohnt, hätte ich nicht gedacht. Ich fühl mich schon jetzt pudelwohl und ich finde, dass es hier viel schöner ist, als in dem Haus von Markus in der Algarve.

Er sah sie erwartungsvoll an, bevor er weiter sprach.

Hier ist alles viel natürlicher, authentischer, hier ist die Natur noch unberührt und euer Haus ist nicht so aufgemotzt, so protzig.

Das mag ich an euch beiden, dass ihr so bescheiden seid. Bei euch kann man so sein, wie man ist. Hier muss ich mich nicht verstellen und an irgendeinen Stil anpassen.

Er machte wieder eine Pause, um die Wirkung seiner Worte in den Gesichtern der beiden zu beobachten.

Freddies Haus fand ich viel zu stilvoll, zu sehr sechziger Jahre, überflüssiges Getue, Retro, ph, und stellt euch vor, ihr werdet es nicht glauben, genau so hat er auch seine Wohnung in Berlin eingerichtet. Als ich ihn nämlich vor einiger Zeit besuchte, war ich total perplex, wie man sich so stilrein verbarrikadieren kann.

Er bemerkte die ungläubige Minen seiner Gastgeber und ergänzte, nun ja, Markus hat sich eben sehr verändert.

Wieso verändert? klinkte sich Irene in seinen Monolog ein, was meinst du damit? Ich fand ihn immer recht beweglich und aufgeschlossen, nicht wahr, Freddie?

Sie wollte unbedingt Freddie in das Gespräch einbeziehen, da sie sich von der Wortmächtigkeit Andros beunruhigt fühlte.

Freddie, der an der Stirnseite des Tisches zwischen Andro und Irene saß, die Sonne im Nacken, hatte bisher mit verhaltener Aufmerksamkeit die Ausführungen von Andro verfolgt und goss sich gerade den letzten Rest des Weines ein, wobei er darauf Wert legte, auch kein Tropfen zu verschütten.

Nachdem er seine Serviette, die noch nicht benutzt worden war, rechtwinklig zur Tischkante ausgerichtet hatte, hob er sein Glas mit einem, auf dein Wohl, Andro!

Dann stimmte er zur Verblüffung von Irene ihm zu, du hast Recht, Andro! Ich fand Freddies Feriendomizil in Portugal auch misslungen eingerichtet.

Aber sonst, Freddie zauderte, war das Treffen dort ziemlich kreativ und literarisch interessant. Ich hätte mich doch nie für die Existentialisten interessiert, wenn nicht dieses Theaterstück uns dazu gebracht hätte, über philosophische Fragen zu diskutieren und zu streiten.

Was war eigentlich der Anlass des Streites, versuchte Irene sich zu erinnern, ging das nicht um das Theaterstück?

Ja schon, unterbrach Freddie, aber dann eskalierte es, weil, weil Andro irgendwas zu monieren hatte, und dabei blickte er ihn forschend an.

Ach, ich kann mich gar nicht mehr daran erinnern, log Andro hinter seinem Pokerface.

Es gab irgendein Problem mit Verena, deiner geliebten Verena, Andro, drang Irene in ihn, ich glaube mich zu erinnern, dass du ihr deine Liebe aufgekündigt hattest, auf so eine merkwürdige literarische Art, die keiner verstanden hatte. War das nicht so?

Und sie blickte ihn mit ihren klaren Augen herausfordernd an.

Ach, das ist alles so lange her, Andro konnte nur mühsam seine Contenance bewahren, das ist teilweise wahr und teilweise falsch, denn eigentlich ging es doch nur um das Theaterstück *Die Existentialisten aus Paris* und ich wollte, dass das Werk überarbeitet und wie ein Drehbuch behandelt werden sollte.

Ach ja, nickte Freddie zustimmend, aber das mit Verena stimmt doch, nicht wahr? Denn von irgendjemand haben wir erfahren, dass du dich von ihr getrennt hast.

Ja, gab Andro zu, das habt ihr von mir erfahren. Das habe ich euch letztens von meinem Handy gesimst, einschließlich der Nachricht, dass ich mich auch von Hans trennen will.

Er ruckelte unruhig auf seinem Stuhl herum und überlegte, wie er diese verfahrene Situation weiter beherrschen könnte. Jetzt war er noch nicht mal 2 Stunden hier und hatte das Gefühl in einem Kreuzverhör zu sein. Es war Zeit für einen Befreiungsschlag.

Zu seinem Glück kam ihm Irene zu Hilfe, als sie bemerkte, es wird kühl, und aufstand um den Tisch abzuräumen. Bleibt doch noch ruhig sitzen, ihr beiden. Ich muss mich jetzt um die Küche kümmern.

Andro nutzte sofort die Gelegenheit zu einer Veränderung. Er entschied, die Hausfrau bei der Arbeit zu unterstützen, um dabei das Innere des Hauses zu inspizieren.

So griffen sie gemeinsam nach Tellern, Besteck und Schüsseln und überließen Gläser und die leere Flasche dem weiterhin am Tisch sitzenden Freddie, der ihnen mit zwiespältigen Gefühlen hinterher blickte, als sie in der Hütte verschwanden.

Um nicht ins Grübeln über den Gast zu kommen, griff er nach seinem Smartphone, auf dem vor kurzem eine Info eingegangen war. Normalerweise interessierten ihn Nachrichten grundsätzlich nicht. Was kümmerte ihn schon die Weltlage. Aber manchmal wurde er doch von einer Neugierde getrieben, womit sich andere Menschen die Zeit vertreiben, diese Zeit, von der wir so viel haben und die immer wieder nachkommt. Endlos reiten wir auf dem Zeitstrahl, der aus dem Unendlichen kommt und in das Unendliche vergeht.

Aus seinen philosophischen Betrachtungen wurde er plötzlich durch eine aktuelle Information herausgerissen, die von Europol ins Netz gestellt worden war.

Es war eine Suchaufforderung. Zwei Männer wurden in einem kurzen Spot gezeigt, aufgenommen, als sie nacheinander aus der Tür einer WC-Anlage traten.

Es wurden Zeugen gesucht, die diese Männer gesehen hatten. Einer der Gesuchten trug eine ungewöhnliche Sonnenbrille aus einem Stück. Freddie erkannte die Sonnenbrille, aber er war sich nicht ganz sicher. Es war ihm auch nicht klar, warum die Männer gesucht wurden. Ging es um Terrorismus? oder um Drogen?

Plötzlich bemerkte er, dass seine Hände zitterten. Er bekam einen Schweißausbruch und gleichzeitig wurde ihm kalt.

Er dachte an Verena, an die ehemalige Freundin von Andro, und dann dachte er an Irene, die mit Andro alleine in der Hütte war. Trotzdem konnte er sich nicht rühren. So hilflos hatte er sich schon lange nicht gefühlt.

Sein Rücken wurde immer kälter und er fing an zu frieren. Und als er mühsam wieder zu sich kam, seinen Blick von dem Smartphone hob und in die Weite schauend seine Gedanken ordnete, stellte er fest, dass die Sonne fast ganz untergegangen war und die Dämmerung der Nacht die Szenerie umhüllte.

14. Kapitel

Das Licht des Vorführraumes wurde gedimmt, als Marga und Markus eintraten. Nehmen Sie da vorn Platz, forderte der bisher noch freundliche und zuvorkommende Kommissar Petermann die beiden auf und wies auf eine Reihe Stühle, die vor einer herabgelassenen Projektionsfläche standen. Der Raum hatte keine Fenster, war weiß gestrichen, und bis auf das durch die offene Tür vom Flur einfallende Licht nahezu dunkel.

Margas Augen hatten sich gerade an die Dämmerung gewöhnt, als sie von dem hellen Projektionslicht aufgeschreckt, erregt einen kleinen spitzen Schrei ausstieß, für den sie sich, um ihre unerklärliche Nervosität zu verheimlichen, beim Kommissar zu entschuldigen glaubte.

Ach, ich bin in der letzten Zeit immer so nervös, gestand sie dem Kommissar mit einem prätentiösen Augenaufschlag. Was wollen Sie uns denn vorführen?

Warten Sie's ab, haben Sie einen Augenblick Geduld, Frau Schneider, sagte er mit einem gereizten Kopfschütteln zu Marga und einem herablassenden Ton in seiner volltönenden Stimme.

Markus hatte sich inzwischen auf einen der gewöhnlichen Stapelstühle gefläzt, der unter seinem Gewicht nachgebend knarrte. Er versuchte ganz gelassen zu wirken und entspannt neugierig darauf zu sein, was ihnen geboten werden sollte.

Auf einer Polizeidienststelle als Zeugen vernommen zu werden und in einen interessanten Fall verwickelt zu sein, schien ihm trotz des tragischen Todes von Hans, doch eine interessante Geschichte zu werden. Animiert blickte er auf die Projektion, die sich nun vor seinen Augen als nüchterne digitale Aufzeichnung einer Überwachungskamera entpuppte.

Marga hatte die Hände in ihrem Schoß gefaltet und schaute, innerlich angespannt, missmutig auf das Bild, das erst mal nur eine Tür in einer mit Fliesen belegten Wand zeigte, die von einem Schild als Herren WC gekennzeichnet war.

Es geschah nichts, bis plötzlich doch die Tür geöffnet und ein Mann sichtbar wurde, der in seiner linken Hand *Die Kleine Stehende* trug, die Skulptur aus der Wohnung von Hans, und der dann die Figur hin und herschwenkend nach links aus dem Bild verschwand, während die Tür im selben Moment zufiel.

Marga musste schlucken, sie war sprachlos. Markus hatte sich in dem Augenblick kopfschüttelnd zu ihr gewandt und wollte gerade etwas sagen, als sie ihn mit einer auf die Projektion weisende Kopfbewegung davon abhielt.

Es vergingen 2 Minuten der Aufzeichnung, bis sich die Tür der WC Anlage wieder öffnete und eine Person, die ihnen irgendwie bekannt vorkam, aber durch eine große Sonnenbrille unkenntlich, heraustrat.

Diese Person blickte umsichtig nach allen Seiten und ging dann ebenfalls nach links, offenbar zum Ausgang. Dabei konnten sie einen kleinen, leer aussehenden Rucksack auf seiner rechten Schulter noch kurz wahrnehmen. Sie starrten beide hypnotisiert auf die Projektionsfläche, die jetzt nur noch weiß leuchtete.

Der Kommissar, der die beiden sehr aufmerksam beobachtet hatte, stellte das Vorführgerät ab und machte das Licht an.

Nun, meine verehrten Zeugen, forderte er sie etwas ironisch auf, was können Sie mir berichten? Kennen Sie einen dieser Männer? Oder haben Sie einen wieder erkannt?

Während Marga und Markus sich übertrieben langsam in Richtung Kommissar umdrehten, nutzen Sie die Gelegenheit um sich vieldeutig zuzublinzeln.

Marga fand als erste zu ihrer Sicherheit zurück und sagte, das einzige, was ich wirklich genau erkannt habe, war die Skulptur *Die Kleine Stehenden* von Alberto Giacometti. Sie ist es, die sich bisher ohne Zweifel in der Wohnung von Hans Töpfer befand.

Jaja, stimmte Markus heftig mit dem Kopf nickend zu, und genau das ist mir auch als erstes in den Sinn gekommen und als zweites habe ich mich gefragt, wie konnte die Figur in das Herrenklo kommen? Er konnte nicht mehr auf dem Stuhl ruhig sitzen bleiben. Von dem, was er gesehen hatte, war er so erregt, dass er aufsprang und mit den Armen rudernd ausrief, das ist unglaublich! Ich kann es einfach nicht glauben!

Marga griff beruhigend nach einer Hand von ihm, komm zu dir, Markus, sagte sie, der Kommissar wird uns sicher noch weitere Einzelheiten mitteilen.

Bei dieser Feststellung blickte sie vorsichtig abwägend auf den Kommissar und überlegte, ob er vielleicht misstrauisch geworden sein könnte, weil sie sich noch nicht zu den Personen geäußert hatten. Aber andererseits war Markus emotionale Übertreibung hilfreich gewesen, um diese für sie gefährliche Situation ins Ungewisse auslaufen zu lassen.

Wie kam Andro bloß in diese Herrentoilette, ging ihr immerzu diese eine Frage durch den Kopf.

Also, nahm der Kommissar die Vernehmung wieder auf, das ist ja sehr interessant. Wenn ich Sie richtig verstehe, behaupten Sie, die Figur in der linken Hand des Mannes, der als erster aus der Tür trat, ist eine Figur aus der Wohnung von dem ermordeten Hans Töpfer?

Ja, genau, Markus trumpfte auf, das ist sie ganz bestimmt und als wir heute in der Wohnung waren, stand sie ja auch dort nicht mehr auf ihren Sockel.

Gut gut, sagte der Kommissar beruhigend, wir werden das untersuchen. Soweit ich weiß, ist die Figur bereits wieder aufgetaucht und wir werden vom Gerichtsmediziner klären lassen, ob sie als Mordwerkzeug benutzt wurde. Aber nun zu den Personen, und er blickte sie intensiv mit forschenden Augen direkt an.

Haben sie eine dieser Personen erkannt?

Markus, dem unangenehmen Blick auszuweichen, versuchte durch abwägendes Brummen seine eigene Unsicherheit über eine mögliche Identifizierung von Andro nicht aufkommen zu lassen und seine Antwort möglichst offen zu halten, in dem er zugab, dass er jemanden kenne, der so eine Sonnenbrille trüge.

Nun ja, erwiderte der Kommissar etwas genervt, so selten sind ja solche großen Sonnenbrillen nun auch nicht. Also? Keine Erinnerung?

Der Kommissar wendete sich an Marga, und Sie, Frau Margarete Schneider, haben Sie eine der beiden Personen oder sogar beide wiedererkannt?

Marga schüttelte bewusst nachdenklich den Kopf und antwortete, die erste Person habe ich noch nie gesehen und bei der zweiten bin ich unsicher. Es gibt da, wo ich wohne, Szene Lokale, in denen solche Figuren mit und ohne Sonnenbrille verkehren, aber ich kann Ihnen keinen Namen nennen, solange ich nicht das Gesicht wirklich sehen kann, schob sie mit gespielter Überforderung nach und sah den Kommissar entrüstet an.

Dann erhob sie sich ruckartig mit schmerzverzerrtem Gesicht und fragte leise stöhnend, Herr Kommissar Petersen, brauchen Sie uns noch oder können wir jetzt gehen?

Der Kommissar, von ihrem Theater fasziniert, stieg mit leiser Ironie auf ihr Spiel ein, als er väterlich begütigend sagte, fürs erste können Sie jetzt gehen, wir haben ja Ihre Personalien aufgenommen. Wir kommen sicher noch auf Sie zurück, denn Sie müssen auf jeden Fall noch die Echtheit der gefundenen Skulptur mit der Skulptur in der Wohnung bestätigen. Sie hören also von uns noch, und damit reichte der Kommissar Petermann beiden die Hand mit einem Lächeln das besagte, ich weiß, dass Sie mehr wissen.

Übrigens Herr Mueller, vergessen Sie nicht ihre Einkaufsbeutel, die noch drüben im meinem Sekretariat stehen.

Irritiert blickte Markus auf den Kommissar, der im freundlich zunickte und sagte, jaja, ich hab mir schon gedacht, dass Sie die im Eifer ganz vergessen werden.

Markus glaubte noch eine Entschuldigung von sich geben zu müssen, ja ja das Alter und dazu noch die Vergesslichkeit.

Dann griff er beim Herausgehen nach den Tüten und stapfte hinter Marga her, die ihm die Tür aufhielt und mit einem, nun mach schon, auf das Tempo drückte.

In Gedanken versunken, gingen sie schweigend die Treppe hinunter, ohne sich anzusehen. Vor dem Haus lösten sie sich endlich aus dem bedrückenden Schweigen, das zwischen ihnen nach der Vernehmung entstanden war.

Ich verstehe nicht, presste Marga sichtlich betroffen heraus, was Andro in dieser Toilette zu suchen hatte.

Nun ja, überlegte Markus zögernd, ebenfalls mit leiser Stimme, wir wissen doch auch überhaupt nicht, was sich in dieser Toilette zugetragen hat. Andererseits glaube ich, dass wir uns genau richtig verhalten haben, als wir uns dumm gestellt haben.

Ja, meinst du? Marga blickte ihn hoffnungsvoll an, ich hatte den Eindruck der Kommissar hatte genau mitbekommen, dass wir mehr wussten und Andro erkannt hatten.

Aber, wandte Markus ein, warum sollten wir ihn verpfeifen. Wir wissen doch auch überhaupt nicht, wer Hans erschlagen hat. So etwas traue ich dem Andro eigentlich nicht zu und außerdem würde ich ihn niemals ans Messer liefern, ereiferte sich Markus.

Das habe ich auch nicht gemeint, betonte Marga schroff, aber du musst doch zugeben, dass er als Täter verdächtig ist.

Ich kann und mag das nicht glauben, protestierte Markus, ich traue ihm eine Menge zu, aber einen Mord? wirklich nicht. Einen Menschen erschlagen! Obwohl... Markus überlegte angestrengt,

warte mal, irgendwie war er das letzte Mal, als er mich vor einigen Tagen besucht hatte, schon sehr eigenartig. Da hatte er so
komische Andeutungen über Hans gemacht und dann wollte er
von mir 1000 €.

Soso, Marga war elektrisiert, was du nicht sagst. Das müssen
wir noch bei einer anderen Gelegenheit besprechen. Ich kann mir
daraus im Augenblick keinen Reim machen. Warten wir es erst
mal ab, was die gerichtsmedizinische Untersuchung der Bronze
erbringt.

Sie trennten sich in ziemlich gedrückter Stimmung und gingen
jeder für sich, ohne einen Blick auf den inzwischen aufgerissenen
Himmel mit den dunkelgrauen schnellziehenden Wolkenbildern,
in unterschiedlichen Richtungen heimwärts.

15. Kapitel

In der Hütte war es schon so dunkel, dass Irene beim Eintreten die Lampe über der Küchenspüle anmachen musste. Hinter ihr stolperte Andro mit dem vollen Tablett herein und konnte das Geschirr gerade noch auf dem Tisch absetzen.

Hoppla, rief Irene, pass auf! Bei uns ist es eng und ein bisschen wie in einem Labyrinth.

Jaja, antwortete Andro, ich sehe schon, ihr habt wenig Platz und dann müsst ihr mich heute auch noch auf dem engen Raum irgendwo unterbringen, nach der Devise, Platz ist auch in der kleinsten Hütte. Wo ist dann das irgendwo? fragte er scherzhaft und blickte sich in der Hütte um, die im Dämmerlicht konturlos erschien.

Ganz hinten, der Küche gegenüber, erkannte er eine große Matratze auf dem Boden und daneben ein Ungetüm von Schrank, das nahezu ein Fünftel des Raumes ausfüllte. Zwischen Schlafplatz und Spüle war der Raum mit zwei abgenutzten Sesseln, einem kleinen, dreibeinigen Esstisch und einem aufgeklappten Paravent vollgestellt. Am Eingang neben der Spüle links standen Gasherd und Kühlschrank, und rechts eine Anrichte mit einem Aufsatz für Geschirr. Töpfe reihten sich auf einem Board über dem kleinen Fenster, durch das Irene, vor der Spüle stehend, auf den Esstisch nach draußen schaute, an dem Freddie konzentriert in seinem Smartphone stöberte.

Andro trat von hinten an Irene heran, um ebenfalls durch das Fenster zu blicken. Sie spürte seinen Atem im Nacken und wich unbewusst ein wenig zur Seite.

Ein schönes Fleckchen habt ihr hier entdeckt, so friedlich, so ruhig, sagte er verbindlich und dann fügte er an, oder wie die Berliner sagen: jwd, janz weit draußen, wo keene Menschenseele hinkommt, dabei veränderte sich seine Stimme zu einem schneidenden Ton, um dann in ein Lachen auszubrechen, das plötzlich abbrach. Entschuldige bitte, sagte er kühl, aber bemüht höflich, ich bin noch ein bisschen angeschlagen.

Irene trat einen Schritt zur Seite, blickte ihn aufgeschreckt von oben bis unten an. Ihr war blitzartig klar geworden, dass sie seine unangenehm kalte Aura meiden sollte. Ein Kälteschauer hatte sie kurz ergriffen, für Sekunden hatte sie sich vor ihm gefürchtet.

Sie drehte sich weg und murmelte, ich werde dir das Nachtlager herrichten, den Abwasch können wir später gemeinsam machen.

Einige Minuten später kam Freddie, den alten amerikanischen Standard *I'm singing in the rain* vor sich hin summend, herein gepoltert und wandte sich unmittelbar zu Irene, die noch mit dem Lager für Andro beschäftigt war.

Er legte bedächtig eine Hand auf Irenes Schulter, beugte sich zu ihr und wisperte dicht an ihrem Ohr, komm mal mit raus, wenn du hier fertig bist. Ich muss dir etwas zeigen. Dann richtete er sich auf, um mit betont lauter Stimme zu schwärmen, oh, dieser Mond....Irene, dieser Mond ist heute Abend so wunderbar anzusehen. Ich würde noch gerne einen kleinen Spaziergang mit dir machen.

Andro, unentschieden in der Mitte des Raumes stehend und unentschlossen, ob er sich womöglich anschließen sollte, wartete offensichtlich auf eine Einladung.

Reaktionsschnell schlug Irene sogleich vor, dabei auf das hergerichtete Lager weisend, schau Andro, wenn du willst, kannst du dich schon hinlegen. Du siehst sehr müde aus. Wir sind auch nicht lange fort und wenn du noch wach sein solltest, können wir dann ein Gläschen miteinander trinken.

Als sie nach dem kurzen, nur Minuten dauernden Spaziergang zurückkehrten, erschien ihnen ihre vertraute, lieb gewonnene

Hütte in dem hellen Mondlicht sehr fremd, nicht mehr so anheimelnd, sie schien nicht mehr dieselbe zu sein.

Noch draußen, bevor Irene die Tür vorsichtig öffnete, raunte sie Freddie zu, du, ich kann immer noch nicht glauben, was du mir auf dem Smartphone gezeigt hast. Das kann und darf nicht sein, hoffentlich klärt sich die Geschichte auf. Sie klang sehr besorgt.

Pst, machte Freddie und legte beruhigend seine Hand auf ihren Arm, vorsichtig, vielleicht schläft er noch nicht tief.

Leise zogen sie die Tür hinter sich zu und versuchten ihre Augen an die Dunkelheit zu gewöhnen. Der vertraute Raum wirkte jetzt unerklärlicherweise abweisend, unfreundlich.

Nimm mich mal in den Arm, Freddie, flüsterte Irene, mir ist schrecklich kalt. Sie zitterte, als er seinen Arm um sie legte.

Ihr Gast bewegte sich unter den Decken, gähnte und krächzte mit einer schläfrigen Stimme, ach je, da bin ich dann wohl eingeschlafen, während ich auf euch wartete.

Es klang nicht ganz überzeugend, fand Freddie und auch Irene meinte später, dass er wohl nur so getan hätte, als schliefe er, um ihre Rückkehr abzuwarten.

Jedenfalls schälte er sich aus den Decken, erhob sich von dem Lager und Freddie machte die Lampe über der Spüle wieder an.

Die Hütte wirkte im kalten Licht der Sparlampe ungewohnt gespenstisch und das Nachtlager aus Decken machte den Raum noch enger.

Sie setzten sich an den runden Esstisch. Irene holte noch eine Tischlampe, einen Hocker für sich und eine Flasche Rotwein. Freddie langte nach den drei Gläsern aus der Spüle, goss sie voll und sie tranken schweigend. Eine lastende Stille lag über allem, nur durchbrochen vom erneuten Füllen der Gläser.

Ihr seid so schweigsam, versuchte Andro die spürbare Spannung aufzulösen, gibt es ein Problem?

Hm, nun ja, druckste Freddie noch unentschlossen, ein Problem eher nicht, aber ich glaube, wir müssen etwas miteinander besprechen. Nach diesen Worten war ihm schon wohler. Als nächstes versuchte er innerlich eine nüchterne Darstellung der Neuigkeiten zu rekapitulieren, die er als App erhalten hatte. Was konnte er Andro bloß fragen, ohne einen Vorwurf, ohne eine Beschuldigung zu formulieren?

Du hast doch auch ein Smartphone, Andro, nicht wahr? Hast du heute schon einmal die aktuellen Informationen gecheckt?

Andro reagierte total unbekümmert, als er antwortete, nein ein Smartphone habe ich nicht, nur ein Handy, ich bin an diesen überflüssigen aktuellen Informationen nicht sehr interessiert. Ja, warum fragst du, Freddie, und er blickte ihn mit seinen kalten Augen fest an.

Naja, zögernd formulierte Freddie, ich hoffe nur, dass du meine Fragen wegen einer Nachricht, die heute im Netz verbreitet wurde, nicht in den falschen Hals bekommst und einfach beantworten kannst. Vorsichtig versuchte er nicht nur ihren Gast, sondern eher sich selbst zu beruhigen

Ich verstehe dich nicht, was für eine Nachricht meinst du denn? Wovon sprichst du? Andro gab sich weiterhin unbedarft.

Irene, die während des Gesprächs sein Gesicht und seine Haltung aufmerksam beobachtete, spürte instinktiv in Andro eine große Nervosität, die er offensichtlich gut zu beherrschen wusste.

Sie saß die ganze Zeit abwartend daneben und konzentrierte sich darauf, wie er auf die digitale Aufzeichnung reagieren würde.

Also, begann Freddie, ich zeige dir jetzt, was heute Nachmittag im Netz verbreitet wurde. Schau, hier ist ein kurzer Spot von zwei Männern, die aus einem WC kommen. Wir beide, und sein Blick schweifte dabei zu Irene, sind der Meinung, dass der zweite Mann, der aus der Tür tritt, dir sehr ähnelt.

Freddie reichte ihm das Smartphone und beobachtete ihn. Er wartete auf eine Reaktion.

Andro gelang ein gut gespieltes, überraschtes Gesicht.

Ungläubig schüttelte er den Kopf, schaute immer wieder auf das Bild und auf die beiden ihm gegenüber Sitzenden und sagte dann, das ist ja ein Ding. Die Person sieht mir wirklich ähnlich, aber was soll denn dort passiert sein? Ich müsste mich doch eigentlich an den Schauplatz erinnern können, wenn ich das dort sein soll, nicht wahr? gab er sich überzeugend unschuldig. Und was soll diese Suchaufforderung der Europol überhaupt? Ich verstehe das alles nicht. Andro sah die beiden mit einem festen, harten Blick an.

Trotzdem hatte Irene in seinen Augen beim ersten Betrachten der Aufnahmen ein kurzes Aufleuchten, ein Flackern bemerkt.

Wollt ihr mir etwa unlautere Absichten unterstellen? verteidigte er sich, glaubt ihr, dass ich von der Polizei gesucht werde? Er war empört. Ja, selbst wenn ich das dort wirklich bin, dann muss ich aus Versehen aufgenommen worden sein. Ich bin wirklich ganz unschuldig!

Freddie sah den sich erregenden Andro skeptisch an, während er noch mal auf die erneut laufende Aufnahme deutete.

Was mich irritiert hat, Andro, sagte er, ist die Skulptur, die die erste Person beim Verlassen der WC-Anlage in der Hand hält, diese Skulptur, von der wir bisher annahmen, dass sie ein Unikat sei und in der Wohnung von Hans stehen sollte. Schau mal genau hin, Andro, findest du nicht auch, dass sie wie *Die Kleine Stehende* von Giacometti aussieht?

Könnte man meinen, blaffte Andro zurück, aber was beweist das. Heute wird so viel kopiert. Und überhaupt, wer ist dieser Mann, der die Figur in der Hand hält? Ich kenne ihn nicht! Was soll diese ganze Fragerei? Nur weil irgendjemand fragwürdige Aufnahmen ins Netz stellt, behandelt ihr mich wie einen Kriminellen. Das sieht doch ganz nach einem fake aus! Empört breitete er seine Arme zu einer Unschuldsgeste aus und setzte vorwurfsvoll noch einen drauf, so hatte ich mir eure Freundschaft nicht vorgestellt. Ich bin enttäuscht!

Entschuldige bitte, brachte Freddie ausgleichend emphatisch hervor, ohne allzu große Hoffnung auf ein harmonisches Ende des Abends.

Irene unterstützte ihn in dem Moment, also Andro, nimm´s nicht so schwer und reg dich ab. Wenn du damit nichts zu tun hast, können dir die Vorwürfe doch egal sein.

Sie lächelte Andro bemüht freundlich an, während sie erklärte, Freddie war eben einfach verunsichert und wollte nur wissen, was du dazu sagen könntest.

Freddie warf ihr einen dankbaren Blick zu, als stumme Botschaft, bist doch ein guter Kamerad, wenn`s drauf ankommt, Irene.

Gequält lächelnd schlug sie vor, am besten lassen wir jetzt alles auf sich beruhen, obwohl sie ahnte, dass mit dem Geheimnis um die *Kleine Stehende* das gemeinsames Leben in der Hütte in den nächsten Stunden nicht einfach so weiter gehen würde.

16. Kapitel

Seine Augen hatten sich langsam an die Dunkelheit gewöhnt. Er lag auf dem Rücken und sah durch das kleine Fenster über der Spüle den Lichtschein des Mondes im Schattenspiel der Blätter des Olivenbaums.

Das leise Schnarchen der schlafenden Irene und das Tropfen des Wasserhahns waren Geräusche, die sich immer lauter in sein Wachbewusstsein einnisteten.

Wie lange er nun schon so wach lag? Er war wohl zusammen mit den beiden Bewohnern der Hütte schnell und tief eingeschlafen, aber nun konnte er sich vor den Gedankenströmen nicht mehr retten, eingeklemmt zwischen halbwachen Zustand und Schlaf.

Von draußen hörte er das Gebell der jungen Hunde, das sich von Minute zu Minute zu einem heulenden Gesang an den Vollmond verstärkte. Scheißköter, dachte er.

Mit jedem heulenden Ton der beiden stieg sein Ärger über die Welt, der er sich ausgeliefert hatte, hier auf dem Boden liegend, in dieser schrecklichen Hütte und dazu noch unverschämt beschuldigt und angeklagt für Taten, die er nicht zu verantworten hatte. Er hatte sich doch nur wehren müssen. Er war doch in die Enge getrieben worden. Es waren doch nur Affekthandlungen gewesen.

Ah, diese Scheißköter, so ein Gejaule, können die nicht mal still sein. Ich bring die noch um. Überhaupt eine Scheißsituation, in die ich hier reingeraten bin.

Hey Irene, schnarch nicht so laut, rief er mit leiser Stimme. Er wollte nicht, dass sie aufwachte, nur mit dem Schnarchen sollte sie aufhören.

Diese Irene, was für ´n blödes Weibstück, völlig inakzeptabel, äußerlich schon eine Katastrophe und innerlich? Na ja, einfach zum kotzen, weinerlich, sehnsuchtsvoll, schwammig, wirklich einfach zum kotzen, die ganze Situation hier zum kotzen.

Der Freddie könnte mir schon leidtun, wenn ich so 'n Gefühl kennen würde. Aber kenn' ich nicht. Er ist eh 'n armes Schwein.

Diese Wolldecken sind auch 'ne Zumutung, wie die kratzen, grässlich. Die wollen mich wohl aus ihrem Nest treiben.

Was mache ich bloß mit den beiden Illusionisten? Es ist ja nichts zu holen hier und versauern will ich hier auch nicht. Und dabei hatte ich mir das so schön vorgestellt, mal so 'nen Sabbat vom ganzen Stress.

Aber die beiden sind ja sowas von blöd drauf. Diese machtbeflissene Irene und ihr hündischer Sozialarbeitertyp. Da muss ich doch keine Hand anlegen, die bringen sich mit der Zeit selber um.

Schön, na ja, aber warte mal, wenn die so im Stress sind und sie sich selber den Garaus machen, da könnte ich natürlich schon ein bisschen mithelfen, oder das Ganze so aussehen lassen, als hätten sie sich gegenseitig erledigt, sich gegenseitig im Streit erwürgt oder abgeschlachtet, was weiß ich.

Nur was hätte ich davon? Die Hütte würde versiegelt und ich hätte noch immer keinen Unterschlupf. Nur den alten 2CV, den könnte ich mir natürlich unter Nagel reißen, mit dem könnte ich dann immerhin rumtouren, abtauchen und 'ne Weile könnt ich auch drin pennen.

Vielleicht wäre das die Lösung. Aber sie deshalb umbringen? Ohne Grund? Nur so aus freien Stücken? Bloß weil ich Bock drauf hab? Na, vielleicht, ich weiß nicht, wenn es soweit sein sollte, passiert 's eben!

Aber, um sowas passieren zu lassen, müsste ich schon mal 'nen Plan haben, wie sie über die Klinge springen sollten.

Das müsste halt aussehen wie ein Ehestreit mit Todesfolgen, möglichst ohne Blut, das kann ich nicht sehen. Wenn sie sich gegenseitig erdrosseln würden oder aus Überdruss erhängen, aber das wäre ja kein Ehestreit. Der eine müsste schon auf den anderen losgehen und ihn erschlagen. Und sich dann aus Reue, in den Brunnen stürzen. Haha. So´n Quatsch.

Nein, nein, das ist unrealistisch. Aber vielleicht sollte der Täter aus Verzweiflung oder aus Angst vor dem Gesetz, haha! sich vor ein Auto stürzen oder in´nen Abgrund.

Das könnte doch glaubwürdig sein…….

Oder ich werfe ihn mit Steinen beschwert in einen See und dann ist er für immer verschwunden.

Halt mal, wieso denke ich eigentlich immer an ihn, wenn ich an das Opfer denke und nicht an sie? Ach so, ist schon klar, diese schwergewichtige Irene bekomm ich nicht ins Auto.

Na gut, da habe ich erstmal einen passablen Plan, der sich praktisch ausführen ließe. Aber will ich das wirklich?

Eigentlich spielt es keine Rolle, ob ich drei oder fünf Tote auf dem Gewissen habe. Oder? Wenn ich gar keines habe. Der Unterschied ist doch nur, dass ich jetzt ohne Grund aus freien Stücken handle.

Fast wäre Andro über diese Gedanken eingeschlafen, wenn die Hunde nicht wieder zu neuem, lauterem Heulen angesetzt hätten und ihn zu weiteren philosophischen Nachtgedanken verführt hätten.

Wie fühlt sich das denn an? Selbstverantwortlich handeln! Hört sich erst mal ziemlich gut an. Die Freiheit des Einzelnen zu ´ner eigenen Entscheidung, ohne Rücksicht auf die Gesellschaft! Ohne Rücksicht auf Gesetze, auf Konventionen, ohne Rücksicht auf Opfer, ohne Rücksicht auf Weggefährten. So machen sie es doch alle in der großen Politik. Oder?

Wenn du mal nach innen gehst, Andro, sprach er weiter in Gedanken zu sich selbst, mal reinhorchst, ist da wahrhaftig ein überraschendes Gefühl zu spüren, ein Gefühl des Nichts und des

Seins, der Leere und der Fülle, einer gewissen Machtfülle und einer unermesslichen Weite.

Das fühlt sich überhaupt nicht böse an, nee, das ist verrückt, das ist wie ´ne Befreiung von all der Last, der eigenen und den Lasten der anderen, auch die der Opfer und der zu Opfernden, oder ich könnt auch sagen, frei von der Last, die die Geopferten noch hätten tragen müssen, hah!

Was für eine Klarheit und Ruhe einsetzt, wenn ich die Opfer liegen sehe, wenn die sich nicht mehr wehren können, wenn die befreit sind von diesem Scheiß Leben.

Sehen sie nicht erleichtert aus, fast fröhlich? Da sie nun alles abstreifen konnten, sich nicht mehr quälen müssen, sie in die unermessliche Weite davon schweben, sich auflösen können, dank meiner Hilfe.

Wie schön sie aussehen, so friedlich, hingegeben an das Nichts, mit der Schlinge um den Hals.

Und diese Freude, dieses glühende Feuer in mir, dass ich die Ursache sein darf, dass es mir möglich ist, endlich eine freie Entscheidung zu treffen, eine Entscheidung für die Freiheit des Individuums in dem Sein des Nichts.

Uh, wie sie mir dankbar sein werden, ich sehe es an ihren friedlichen Gesichtern, wie entspannt sie dort liegen, mit der Schlinge um den Hals.

Dabei fällt mir noch Lucky ein, Hans sei Dank, mit einem etwas geänderten Monolog aus *Warten auf Godot*: wer kann daran zweifeln, trotz aller Umstände, die Dinge sind so und wenn man andererseits bedenkt, was noch schlimmer ist, dass daraus hervorgeht, dass der Mensch auf dem Land und im Gebirge und am Rande des Meeres der Ströme des Feuers und des Wassers, dass der Mensch und die Luft dieselbe ist und die Erde, gut für alle Opfer der Freiheit auch bei der großen Kälte in der großen Tiefe des 21. Jahrhunderts, leider leider, man weiß nicht warum, kurz endlich, ich wiederhole, ist es gar nicht wichtig, die Dinge sind so!

Diese Scheißkläffer! Jetzt reicht's mir mit ihrem Geheule. Ich halt´s nicht mehr aus, irgendwo habe ich doch noch diese feine Schnur im Rucksack. Das wird mir ein großer Genuss sein, sie vom ihrem eigenen Geheul zu erlösen.

Langsam und vorsichtig befreite er sich aus den Wolldecken, schlich tastend im Lichte des fahlen Mondscheins, der durch das Fenster auf den Boden ein Lichttrapez abzeichnete, zur Tür und öffnete diese leise. Er bemerkte im Herausgehen, wie sich die beiden Schläfer im Hintergrund des Raumes bewegten und träumende Töne von sich gaben.

Es dauerte nicht lange, da war das Heulen der Hunde erstickt. Eine große Friedhofsruhe senkte sich über das Land, über die Hügel, über die Büsche, und über den Olivenbaum, als sich die Tür zur Hütte hinter Andro wieder verschloss.

*

Als sich Freddie an diesem Abend hinlegte, auf das große Lager im hinteren Teil der Hütte, neben Irene, hatte er die ungute Ahnung, undeutlich nur, dass etwas geschehen würde.

Seine Gedanken kreisten immer wieder um das Gespräch mit Andro, über die Smartphone Informationen. Er konnte einfach nicht einschlafen.

Er bemerkte, wie der Atem von Irene ruhiger wurde und sie in einen tiefen Schlaf versank, der mehr und mehr in ein leichtes Schnarchen überging.

Aus der Mitte des Raumes, wo Andro sein Lager hatte, hört er ebenfalls ruhige, tiefe Atemgeräusche, die ihn hoffen ließen, dass die Nacht doch friedlich verlaufen könnte.

Sein Blick wanderte an der Unterseite des Daches entlang zu den feinen Ritzen, durch die das Mondlicht drang und die ihn daran erinnerten, dass er das Dach noch vor dem Einbruch des Winters reparieren wollte.

Er konnte die roh behauenen Sparren erkennen und die darauf festgenagelten ungesäumten Latten, die die Ziegel trugen. Das Dach war von unten offen und ihm fiel ein, dass er Irene auch versprochen hatte, vor dem Winter die Unterseite mit einer Dämmung und Gipsplatten zu versehen, damit sie nicht wie im letzten Winter mit dem kleinen Kanonenofen nur die Natur heizten, ohne dass der Raum warm wurde, weil die Wärme durch das Dach entwich.

Während seine Gedanken mit der Planung für die nächsten Wochen beschäftigt waren, hörte er neben dem Klappern der Olivenbaumblätter das anhaltende Heulen der beiden Hunde, die durch die Vollmondnacht unruhiger waren, als die Nächte davor.

Später meinte er einen unterdrückten Aufschrei aus der Mitte des Raumes gehört zu haben, das wie, Scheißhunde, klang, den er jedoch um seine Gedanken weiter schweifen zu lassen, als eine lebhaften Traum Äußerung Andros nicht weiter beachtete.

Die Nacht wollte kein Ende nehmen und ebenso wenig seine Gedanken, die sich nun mit den kommenden Tagen beschäftigten, wie lange Andro wohl bleiben würde und wie sie beide diese Zeit überstehen könnten, mit einem Gast, der ihnen zusehends unheimlicher wurde.

Irene schlief den Schlaf der Gerechten, dachte Freddie, tja, wenn man so viel Fettpolster hat, kann man auch beruhigt schlafen und den ganzen Tagesfrust in den Traum versenken. Glückliches Kind, sinnierte er, als er ihren immer tiefer werdenden Schlaf neidisch beobachtete, der sich schließlich zu einem ausgewachsenen Schnarchen wandelte.

Der unterdrückte Zuruf aus der Mitte des Raumes, schnarch nicht so laut, Irene, machte ihm bewusst, dass Andro nicht mehr schlief.

Um seine aufkommende Unruhe, hin und hergerissen zwischen dem immer stärker werdenden Wind und dem Heulen der Hunde draußen, zu besänftigen, berührte er vorsichtig die neben ihn Schlafende so lange, bis sie in einen ruhigen Tiefschlaf verfiel. Endlich war er auch müde genug geworden und konnte seine ruhelosen Gedanken fortscheuchen, in dem er sich ausstreckte, die Hände über seinem Bauch faltete und, nur noch auf seine eigenen Atemzüge lauschend, mit dem Atemrhythmus seiner Partnerin eins wurde.

Er tauchte so tief ab, dass er nur noch ganz am Rande der bewussten Wahrnehmung das Klappern der Eingangstür und danach sehr entfernt das Ersterben von schrillen, ängstlichen Hundegeheul vernahm. Das erneute Öffnen und Schließen der Eingangstür erreichte nicht mal mehr sein Unterbewusstsein.

*

Irene fuhr erschreckt aus ihren Traum auf. Das Schließen der Eingangstür hatte sie endgültig von ihren finsteren, bedrohlichen inneren Bildern erlöst. Sie kämpfte sich aus ihrem Federbett und aus ihrem noch halb bewusstlosen Zustand der inneren Welt ans Tageslicht.

Aus ihrer hinteren Ecke sah sie, wie das Morgenrot einen ersten Versuch machte, das Innere der Hütte zu beleben.

Sie saß nun aufrecht, mit dem Rücken an die Wand gelehnt in ihrem Lager und war damit beschäftigt mit den Fingern durch ihre Locken zu fahren, um den Schlaf endgültig zu vertreiben.

Am Rande nahm sie auf ihrer linken Seite den schlafenden Freddie wahr, der sich nicht rührte, was so gar nicht seine Art war, da er normalerweise immer mit ihr zusammen wach wurde. Aber das beunruhigte sie noch nicht, denn noch war sie mit den Traumbildern beschäftigt, die nicht entweichen wollten.

Was war eigentlich in dem letzte Bild gewesen, das ihr so ein Unbehagen bereitet hatte?

Aber, wie das so ist mit den Traumerinnerungen, wenn man sich darauf konzentrieren will, weichen die Bilder aus.

Sie fühlte noch etwas Dunkles, Glänzendes, Feuchtes, was sich schwarz von links in ihr Blickfeld geschoben und ihr die Luft zum Atmen genommen hatte.

Das Gefühl war sehr ähnlich einer Filmsequenz aus ihrer Jugend gewesen, als sie mit ihrem Bruder Zorro filme angesehen hatte, die immer angsterregend endeten. Zorro drohte von einer massiven Wand, die sich auf ihn zu bewegte, zerquetscht zu werden; der Held, der nur mit seinem Degen in der Hand ein todsicheres Ende erwartete.

So wie sie damals der Bildgewalt entkam, indem sie das Kino verließ und in das Tageslichts eintauchte, so suchte sie nun im Licht der Morgendämmerung in den Umrissen und Begrenzungen ihrer Hütte halt zu finden.

Vor der Spüle sah sie in einem Haufen Decken den Umriss einer Gestalt liegen, die sie noch nicht einordnen konnte. Was war das eigentlich dort? Wer lag da mitten im Raum?

Mit dem sporadischen Erkennen kam die Erinnerung an den gestrigen Tag in ihr Bewusstsein zurück und zugleich auch das Unbehagen, von dem sie nicht nur gestern Abend, sondern auch in der ganzen Nacht im Schlaf verfolgt worden war.

Dieser Deckenhaufen vor ihr bewegte sich kreatürlich wie ein Ungeheuer, und obwohl sie wusste, dass es eine Einbildung war, lastete eine undefinierbare Furcht wie ein Stein auf ihrer Brust. Dieses Gefühl der Enge katapultierte sie wieder zurück in ihre Traumgesichter von denen sie sich bereits erlöst glaubte, und neue Schrecken stiegen auf.

Sie fühlte sich erdrückt von einem Moloch, der sich auf Menschen stürzte, waren das nicht sogar Menschen, die sie kannte? Ein Moloch, der wild um sich schlug, der mit riesiger Kraft seine Hände und Arme benutzte, der einen Pfad der Verwüstung durch eine liebliche und friedliche Welt schlug, der vor nichts Halt machte.

Alles was sich ihm in den Weg stellte wurde vernichtet, zertreten, erdrosselt, erschlagen.

Selbst vor kleinen Hunden machte er nicht halt. Urplötzlich zuckte Irene zusammen und aus ihrer unausgesprochenen Furcht wurde eine tiefe Gewissheit der Angst. Sie machte die schreckliche Erfahrung, dass ihre Traumgesichter Wirklichkeit werden konnten, wenn sie wirklich aufwachte, wenn sie sich dem Licht des Tages stellen würde.

Um ihre Angst zu beruhigen, horchte sie anhaltend nach den vertrauten Lauten der jungen Hunde, die sie in den letzten Wochen in ihr Herz geschlossen hatte.

Aber so angestrengt sie auch lauschte, sie konnte keinen Ton von draußen, kein Heulen, kein Wimmern, kein Klagen, kein Gebell hören. Die ihr lieb gewordenen Sympathiekundgebungen fehlten. Das war es, was sie so beunruhigt hatte.

In den letzten Minuten hatte sich eine ungeheure Stille, fast schon eine Totenstille ausgebreitet.

Und plötzlich, so ganz außer sich, ohne Kontrolle, kam ihr Schrei heraus, unmöglich, den aus der Tiefe aufsteigenden Schrei zu unterdrücken: Nein! schrie sie, das kann nicht wahr sein! Freddie! Freddie! Wach auf!

Sie rüttelte an seinem Körper, bis er brummend aus dem Tiefschlaf aufschreckte und sie ihm mit unterdrückter Stimme zuflüsterte, ich glaube, es ist etwas Schreckliches passiert. Andro, Andro hat....

In diesem Moment regte sich auch der Deckenhaufen, in dem Andro lag und seine Stimme grollte dumpf, was macht ihr bloß für einen Lärm, ich kann überhaupt nicht schlafen.

17. Kapitel

In diesem Augenblick ist es wohl das Beste, Herr Mueller, wenn Sie jetzt die Wahrheit sagen, die Karten auf den Tisch legen. Es hat keinen Zweck, den Täter zu decken. Damit machen Sie sich nur strafbar. Übrigens hat Frau Schneider schon gestanden, dass Sie eine Person der Aufnahme erkannt haben.

Kommissar Petersen versuchte noch verständnisvoll auf Markus einzureden, um ihn endlich zu einer Aussage zu bewegen.

Nun mal raus mit der Sprache. Wer hat mit Ihnen damals in der Wohngemeinschaft gelebt? Nennen Sie jetzt ohne Umschweif die Namen der Personen, die ich noch nicht kenne, also außer den Toten Hans Töpfer, Frau Margarete Schneider und Sie. Wer waren Ihre Mitbewohner?

Markus konnte sich nicht überwinden den Namen von Andro preiszugeben, deshalb brachte er erst nur die Namen Irene und Freddie heraus, die beiden waren von Anfang an dabei, sagte er, und später kam Verena dazu.

Und die drei haben keine Nachnamen? bohrte der Kommissar nachdrücklich, ich brauche die Familiennamen. Nun machen Sie schon, Herr Mueller!

Ja aber, Markus stotterte eingeschüchtert, ich, ich kenne nicht ihre Nachnamen. Wir haben uns von Anfang an geduzt und nur die Vornamen benutzt. Das ist doch in den Wohngemeinschaften so üblich.

Ungläubig schüttelte der Kommissar seinen Kopf, das verstehe ich nicht. Wie lange haben Sie denn zusammen gewohnt?

Drei oder vier Monate vielleicht. Ich weiß es nicht mehr so genau, Markus versuchte sich mit Smalltalk und unwichtigen Kleinigkeiten vor der Preisgabe des Namens zu retten. Wir haben uns eigentlich gar nicht umeinander gekümmert, behauptete er ausweichend mit gesengtem Blick.

Na, versicherte der Kommissar, da habe ich von Frau Margarete Schneider ganz was anderes erfahren. Sie behauptete, dass Sie gemeinsam unter Zuhilfenahme von Techniken der Kundalini Meditation gewisse Fortschritte in praktischer Sexualkunde gemacht hätten, dabei zog über sein Gesicht ein perfides, abschätzendes Lächeln. Er lehnte sich siegessicher zurück.

Also, jetzt Butter bei de´ Fische, forderte Kommissar Petersen streng, wie heißt der siebente Mitbewohner? Und ist das die Person, die auf der Aufnahme zu sehen ist?

Markus senkte sein Blick und sagte leise, ja, der heißt Andro.

Weiter, weiter! drang Kommissar Petersen in ihn ein, den Nachnamen, den Nachnamen.

Es gibt keinen, antwortete verzweifelt Markus, er hat sich uns nur so vorgestellt, mit dem Zusatz, Andro sei die Abkürzung von androgyn und das war er ja auch, bzw. ist er auch noch immer, denn er lebt wohl noch und soweit ich weiß, zurzeit in Italien, aber wo genau kann ich leider nicht sagen. Ich weiß nur, dass er sich auf dem Weg nach Ligurien gemacht hat, weil dort Freddie und Irene eine kleine Hütte bewohnen, und mit zittriger Stimme fügte er noch an, und wahrscheinlich hat er dort den Unterschlupf gefunden, den er bei mir gesucht hatte.

Sichtlich erleichtert nach seinem Geständnis, atmete er befreit auf, lehnte sich in dem Stuhl zurück und wischte sich die Schweißtropfen mit dem Handrücken von der Stirn.

Na also, trumpfte Kommissar Petermann auf, geht doch. Ich verstehe nicht, warum Sie sich so lange geziert haben. Haben Sie dem noch etwas hinzu zufügen? Sie sehen so aus, als wüssten Sie noch etwas, was Sie gerne loswerden wollen.

Erwartungsvoll sah ihn der Kommissar an und Markus gestand voll innerer Zweifel seine Ahnung, die ihn vor ein paar Tagen überfallen hatte, ich bin sehr verunsichert, was ich von Andro halten soll, ob ich ihn beschuldigen und ihn wirklich solche Tat zutrauen kann. Er blickte den Kommissar antwortheischend an, der sich abwartend darauf verließ, dass Markus noch mehr preisgeben würde und ihm aufmunternd zunickte.

Markus berichtete also von dem Zusammentreffen mit Andro an den Nachmittag vor dem Bollemarkt, als der behauptete, er hätte Hans nicht angetroffen. Und wie merkwürdig Andro sich einige Zeit später verhalten hätte, als der ihn in seiner Wohnung aufgesucht hatte und er berichtete auch von der Absicht Andros unterzutauchen, bei ihm in der Wohnung unterzuschlüpfen und, dass er sogar unverschämter Weise 1000 € von ihm erpressen wollte.

So so, kommentierte Kommissar Petersen, das sind schon interessante Details, die das Bild von dem möglichen Täter gut abrunden.

Aber kommen wir jetzt mal zu der Bronzeskulptur *Die Kleine Stehende* von Giacometti, so nennen Sie sie doch, nicht wahr? Was meinen Sie, wie die Skulptur in die Hand des Mannes gekommen ist, der als erster die Toilettenanlage in der Video-Aufzeichnung verlassen hat?

Tja, wenn Sie mich so fragen, Herr Kommissar, antwortete zögernd Markus, dann müsste ja Andro die Skulptur in die WC Anlage mitgenommen haben. Er überlegte laut, aber das hieße ja, dass die Skulptur, als er mit mir vor dem Bollemarkt stand, bereits in seinem Rucksack gewesen sein müsste.

Sehr gut, sehr gut, lobte der Kommissar, gut kombiniert.

Das würde also bedeuten, überlegte Markus wieder laut, dass er die Skulptur mitgenommen hatte, um das Tatwerkzeug verschwinden zu lassen?

Jawohl, so war es, drückte der Kommissar sein Wohlwollen aus, und dann, fuhr er fort, hat er mit diesem Tatwerkzeug aus welchem Grund auch immer, das wissen wir noch nicht genau, die andere Person in der WC-Anlage erschlagen.

Und das wissen Sie ganz genau? rief Markus überrascht aus, aber woher wissen Sie das?

Kommissar Petersen wippte lächelnd in seinen Arbeitsstuhl und breitete sein aktuelles Wissen aus, wir haben vom gerichts- medizinischen Institut die Beweise erhalten. An der Skulptur fanden sich Spuren des Körpers von Hans Töpfer sowie auch des Mannes, den wir noch nicht identifiziert haben. Deshalb ist es jetzt wichtig, dass Sie uns dabei helfen das Opfer zu identifizieren. Kennen Sie dieses Gesicht? und dabei legte er Markus ein Foto des Erschlagenen auf den Tisch.

Markus betrachtete das Bild lange, schüttelte seinen Kopf und sagte dann, nein, den kenne ich nicht, aber er hat eine ziemliche Ähnlichkeit mit Hans, nur dass er einige Jahre jünger ist. Das ist schon merkwürdig, diese Ähnlichkeit. Er betrachtete noch eine Weile das Foto kopfschüttelnd.

Ja, stimmte der Kommissar zu, die Ähnlichkeit ist uns auch sofort aufgefallen, wirklich frappierend.

Also gut, schloss er seine Vernehmung ab, Herr Mueller, Sie haben uns gut weitergeholfen. Ich brauche Sie im Augenblick nicht mehr. Sie können gehen und schicken Sie mir bitte Frau Schneider herein.

Marga sah an dem Tage des Verhörs in ihrem eisblauen Schneiderkostüm ladylike aus. Sie hatte sich extra gestylt, um sich bei der Vernehmung durch Kommissar Petersen sicherer zu fühlen. Sie wollte sich durch seine altmodische, väterliche Auto- rität nicht wider einschüchtern lassen. Das war ein alter Knopf bei ihr, den sie trotz ihrer vielen Erfahrungen mit Männern nicht abschalten konnte.

Nun wie war's, wollte sie von Markus wissen, als er aus der Tür des Kommissariats trat.

Naja, sagte er bedröppelt, ich habe halt alles gestanden, was ich wusste. Offensichtlich hat Andro nicht nur Hans, sondern auch noch eine andere Person erschlagen. Das ist furchtbar. Ich kann es gar nicht glauben. Ich komm´ nicht drüber hinweg, murmelte er immer wieder vor sich hin.

Dann raffte er sich auf, sah ihr ins Gesicht und sagte, jetzt bist du dran, Marga. Der Kommissar erwartet dich. Ich werde nicht auf dich warten, Marga. Ich muss an die frische Luft. Mir sausen die Gedanken im Kopf herum.

Marga, auf ihren hohen Stilettos, um einige Zentimeter Markus überragend, nickte ihm gönnerhaft zu und stakste auf ihren langen Beinen in das Büro des Kommissars, den sie mit einem etwas herablassenden Lächeln bedachte und setzte sich dann zuversichtlich vor dem Schreibtisch in Positur.

So, Frau Schneider, sagte der Kommissar Petersen, ohne sich weiter aufzuhalten, Sie sind ja schon, wie ich mitbekommen habe, von Herrn Mueller draußen informiert worden. Da kann ich mich ja kurz fassen. Es geht mir nur noch darum, dass Sie sich das Foto des Opfers von der WC Anlage ansehen.

Kennen oder erkennen Sie die Person auf dem Foto? Und dabei schob er ihr das Bild vor die Nase.

Ungläubig betrachtete Marga das Foto und gab sich verwirrt, als sie feststellte, aber dieser Mann sieht ja überhaupt nicht verletzt aus. Ich nahm an, er wäre erschlagen worden.

Sie brauchte eine weitere Minute um über ihren Schreck hinwegzukommen, bevor sie eine Antwort formulierte. Das Bild erinnere sie sehr wohl an einen Menschen, den sie kannte oder anders gesagt, gekannt hatte. Es konnte natürlich auch nur eine große Ähnlichkeit sein. Um eine endgültige Aussage zu machen, sagte sie, müsste sie den Toten von Angesicht zu Angesicht identifizieren können.

Sie fasste sich mit den Worten, ich glaube, ja..., doch..., diese Person ist mir schon begegnet. Aber eine exakte Identifikation ist mir in diesem Moment so nicht möglich.

Da sie im Augenblick innerlich so aufgewühlt war, dass sie keinen klaren Gedanken fassen konnte, überlegte sie, was sie dem Kommissar antworten sollte, wenn er auf genauere Angaben bestand.

Kommissar Petersen hatte sie genau beobachtet und schon bemerkt, dass sie ihm etwas verbergen wollte. Inzwischen kannte er sie so gut, dass er davon absah, weitere Fragen zu stellen oder irgendwelchen Druck aufzubauen.

Gut, sagte er zuvorkommend, wenn Sie jetzt noch ein wenig Zeit brauchen um darüber nachzudenken, wer das sein könnte und Sie vielleicht irgendwann mal einen Namen nennen wollen, werde ich Sie jetzt nicht weiter quälen und lieber auf eine Rückmeldung Ihrerseits hoffen. Sie können jetzt gehen, Frau Schneider.

Überrascht blickte Marga auf, das hatte sie nicht erwartet. Sie war eher auf einen Kampf eingestellt und hatte sich schon darauf gefreut, möglichst viel Widerstand zeigen zu können. Solche ältere Herren, die eine natürliche Autorität ausstrahlten, hatten sie schon oft bis zur Weißglut herausgefordert. Aber nun war leider die Luft raus.

Danke, für ihre Großherzigkeit, sagte sie schnippisch, erhob sich brüsk von dem Stuhl, winkte ihm gelassen mit der Rechten zu und verließ den Raum erhobenen Hauptes, darauf achtend, dass sie mit ihren nicht gerade üppigen Hüften doch noch einen Marilyn Monroe Gang hinzauberte.

Ach, übrigens, rief er ihr hinterher, bevor sie den Raum verlassen hatte, in den nächsten Tagen wird die Polizei ein Plakat des Opfers veröffentlichen. Falls Sie doch noch eine Erinnerung an das Opfer bekommen, sollten Sie sich vielleicht rechtzeitig melden, um etwaigen Unannehmlichkeiten für ihre eigene Familie zu vermeiden.

Marga stutzte, was wusste der Kommissar über ihre Familie?

Sie griff nach ihrer Unterarmtasche und verließ grußlos, gedankenverloren die Polizeidienststelle. Der Himmel hatte sich zugezogen und ohne Markus auf der anderen Straßenseite zu bemerken schritt sie davon. Der hatte, immer noch innerlich erregt, in der Hoffnung auf weitere Details, auf sie gewartet.

Da es nun zu regnen begann, entschloss er sich in seiner geliebten Wohnung, ohne neue Gewissheiten die nötige Ruhe zu finden.

18. Kapitel

Agente Paolo und Argente Alessandro waren auf dem Weg zur *Hütte der Deutschen*, wie sie das Domizil von Freddie und Irene nannten, einerseits um mal nach dem Rechten zu sehen und andererseits um auf Befehl des Assistenten Capo den deutschen Gast, den sie nach dem Autounfall dort abgeliefert hatten, zu einer neuen Vernehmung in die Polizeistation *einzuladen*, wie sie es spaßig formulierten.

Sie befanden sich noch auf der Via Torquato Tasso und wollten in Tessarello gerade in die Nebenstrecke zur kleinen Kapelle einbiegen, an der auch die Hütte der Deutschen lag, als Agente Paolo, der den Jeep steuerte, einen flüchtenden Schatten hinter einem Busch verschwinden sah.

Alessandro, hast du die Gestalt gesehen, die gerade hinter dem Ginsterbusch verschwunden ist?

Alessandro schüttelte seinen Kopf, nein, habe ich nicht gesehen. Ich war gerade in Gedanken vertieft, schau, die Wolken. Da braut sich was zusammen über uns. Naja, es wird auch Zeit, es hat lange nicht geregnet.

Mir schien, kehrte Paolo noch mal zu seiner Beobachtung zurück, als hätte ich den Deutschen, den wir zur Vernehmung abholen sollen, gerade hinter einem Schuppen verschwinden sehen.

Naja, meinte Alessandro, vielleicht macht er einen Spaziergang, eine Wanderung. Die Gegend ist doch romantisch und einladend fürs Umherstreifen, voll von Kaninchen und Rebhühner. Wir müssten auch mal wieder jagen gehen, Paolo.

Die Sandstrecke, die sie befuhren, war uneben, aber fest und sie kamen gut voran. Einige Schlaglöcher von der letzten Regenperiode waren sehr ausgefahren, aber der Jeep war passabel gefedert und sie selber waren in guter Kondition und in guter Tageslaune.

Einige Wegwindungen weiter erreichten sie die Hütte, noch bevor der Wolkenbruch niederging.

Als erstes fiel ihnen auf, dass die Hunde ihnen nicht entgegensprangen, die sie das letzte Mal sofort begrüßt hatten.

Dann stellten sie fest, dass auch der 2CV nicht an dem gewohnten Platz neben dem Haus unter dem Olivenbaum stand.

Nun, bemerkte Agente Paolo, nachdem sie aus dem Jeep geklettert waren, schau mal, Alessandro, die Haustür ist nur angelehnt und das Auto ist auch fort. Ob die beiden Deutschen mit den Hunden einen Ausflug machen?

Agente Alessandro stand noch grübelnd vor der Tür, bevor er kopfschüttelnd meinte, komisch, das gefällt mir nicht, nein, gar nicht. Wenn die zusammen weggefahren sind, dann schließen sie doch wenigstens die Tür ab. Oder? Was meinst du?

Naja, erwiderte Agente Paolo, hier kommt doch niemand vorbei. Da kann man schon mal vergessen, die Tür abzuschließen. Lass uns doch jetzt wenigstens hineingehen und nachsehen, ob alles seine Ordnung hat, bevor wir wieder ganz unverrichteter Dinge zurückfahren.

Sie betraten nacheinander die Hütte, die von dem Tageslicht nur sehr schwach beleuchtet wurde. Es dauerte auch eine geraume Zeit, bis sich ihre Augen an die Umrisse der Möbel und der Dinge, die sich noch in der Hütte befanden, gewöhnt hatten.

Auf der Lagerstätte im Hintergrund neben dem voluminösen Schrank konnten sie einen Haufen übereinandergeworfene Federbetten und Decken ausmachen. Sie wollten sich schon zum Gehen wenden, als Paolo aus dem Deckengewusel am Fußende etwas hervorragen sah. Zuerst meinte er, so etwas wie einen Schuh zu erkennen.

Er ging näher und überprüfte aus reiner Neugierde seine Annahme. Er zog an den Schuh und zu seiner Überraschung hing an dem Schuh ein Fuß und ein Bein.

Cazo! Merda! rief Agente Paolo und stieß seinen Kollegen in die Seite. Was ist denn hier passiert? Mach mal Licht, befahl er seinem Begleiter, reiß die Tür weit auf! hole mal die Taschenlampe aus dem Jeep!

Er beugte sich über den Deckenhaufen und zog vorsichtig eine Lage nach der anderen zur Seite bis endlich der Körper von Irene sichtbar wurde. Sie sah aus, als würde sie schlafen. Aber Agente Paolo konnte sehr gut Schlafende von Toten unterscheiden.

Ach, Merda, entfuhr es ihm wieder, das sieht gar nicht gut aus. Jetzt haben wir ein richtiges Problem am Hals.

Agente Alessandro kam mit der Lampe, beleuchtete das Lager, auf dem Irene in ihrem Overall auf dem Rücken lag, offensichtlich nicht verletzt. In der schummerigen Beleuchtung konnten sie nicht viele Einzelheiten ausmachen, erstmal deutete nichts auf eine Gewaltanwendung hin. Nur ihr Mund war wie zum Schrei geöffnet.

Mit der Taschenlampe in der Hand, näherte sich Agente Alessandro und beugte sich über Irene, als ihn Agente Paolo zurück pfiff, lass die Finger von ihr. Wir müssen sofort Assistente Capo informieren und nachfragen, was wir als nächstes tun sollen. Geh zum Jeep, forderte er, und nimm Kontakt mit der Station auf!

In Gedanken vertieft über die unvorhersehbare Grenzen des menschlichen Lebens, stand Agente Paolo immer noch an der Lagerstätte, als Agente Alessandro wieder in die Hütte stürmte mit der Nachricht, alles so lassen, wie wir es vorgefunden haben! Nichts anrühren! Assistente Capo macht sich sofort auf den Weg, fügte er atemlos an, und er bringt gleich auch den medico di emergenza mit. Wir sollen zwischenzeitlich die Umgebung nach den anderen Deutschen absuchen.

Assistente Capo wollte wissen, stieß er noch hervor, ob wir glauben, dass die Frau vielleicht überfallen worden wäre. Aber das habe ich verneint oder was meinst du, Paolo?

Ich sage dazu erst mal gar nichts. Agente Paolos Stimme klang dumpf, ich finde es einfach nur schrecklich. Diese nette Frau. Ich mochte sie gerne. Nun liegt sie hier.

Er drehte sich auf den Absatz um und sagte, komm´ jetzt mit hinaus, und sie verließen beide den Raum, um in der Umgebung mit der Suche zu beginnen.

Sie kamen nur bis zu dem großen Ginsterbusch, der in voller Blüte hundert Meter entfernt von der Hütte ihre Aufmerksamkeit angezogen hatte, als Agente Alessandro abrupt stehen blieb, den Arm seines Kollegen ergriff und auf einen Schattenknäuel unter den Zweigen wies.

Paolo, schau, sagte er mit sichtlich bewegter Stimme, die Hunde dort, da liegen sie, die jungen Hunde, sie sind tot.

Er ging ganz nah an den Busch heran, bewegte die Zweige auseinander und sagte erschüttert, mit einer Schnur erwürgt und erschlagen, einfach so. Wer hat denn hier nur so gewütet? dabei blickte er auf eine Antwort hoffend zu Paolo, der nur mit einem Seufzer und einem Kopfschütteln antwortete.

Es fing zu regnen an, erst nur wenige Tropfen, aber dann mit einem Blitz und dem folgenden Donnerschlag schüttete es gnadenlos, so dass sie zurückrannten, um unter dem Olivenbaum Schutz zu suchen.

Sie mussten nicht lange warten. Mit dem Ende der Regenflut tauchte auch das Fahrzeug der Polizia di Stato mit Assistente Capo und dem Notarzt an der nächsten Wegbiegung auf.

Das Fahrzeug stoppte. Die beiden Insassen sprangen aus dem Wagen und gingen bis zur Schuppentür, wo sie auf die beiden Agenten trafen, die mit schnellem Schritt zur gleichen Zeit dort anlangten und sie salutierend begrüßten.

Agente Paolo übernahm die sachliche Schilderung des Vorgefundenen, berichtete von den aufgefundenen Hundeleichen und von der bisher vergeblich verlaufene Suche nach dem oder den Tätern.

Assistente Capo dankte und forderte seine Untergebenen auf, die Suche nach den flüchtigen Männern fortzusetzen, wobei er einschränkend zusetzte, falls Ihr die Deutschen auffindet, behandelt sie anständig, denn vielleicht wissen sie noch gar nichts von dem Geschehen hier am Ort und sie sind unschuldig.

Salutierend entfernten sich die beiden, während Assistente Capo den Medico aufforderte den Todesfall zu untersuchen.

Die Analyse der Todesursache wurde komplizierter, als sie gedacht hatten. Bei näherer Untersuchung der Toten ergaben sich mehrere nicht eindeutige Ursachen, denn, als sie den Körper auf den Bauch drehten, stellten sie eine starke Kopfverletzung fest, vermutlich von einem harten Gegenstand verursacht, die offenbar einen beachtlichen Blutverlust zur Folge hatte.

Außerdem entdeckte der Arzt Druckstellen am Hals der Toten, die vermuten ließen, dass bei dem Opfer für gewisse Zeit die Luftzufuhr unterbunden worden war. Eine feine Kordel war zusätzlich um den Hals geschlungen, von der jedoch keine Würgemale zurück geblieben waren.

Als der Medico di emergenza seine Untersuchung beendet hatte und sich wieder aufrichtete, stellte er abschließend fest, im Moment kann ich noch nichts Endgültiges über den Hergang des Verbrechens sagen, aber von dem Tatbestand Mord können wir jetzt wohl ausgehen. Genaueres kann ich erst durch eine Obduktion feststellen lassen. Ob die Frau erwürgt wurde oder durch eine andere Ursache den Exitus erfuhr, wird sich dann herausstellen. Ich vermute im Augenblick, dass das Opfer, zuerst durch einen Schlag auf den Hinterkopf ohnmächtig geworden, auf den Boden gefallen war, dann auf den Rücken gedreht und schließlich stranguliert wurde. Aber erst durch die Obduktion erfahren wir Genaueres.

Auf jeden Fall, fuhr der Arzt fort, ist es eine böse Sache, die Sie, Signore Assistente, nun am Bein haben. Er blickte ihn mitfühlend an, ich werde dafür sorgen, dass die Leiche abtransportiert wird und dann die Obduktion veranlassen.

Assistente Capo nickte zustimmend, warf nochmal einen Blick auf den nun wieder zurückgerollten, auf dem Rücken liegenden Körper in dem orangefarbenen Overall und folgte gedankenvoll dem Arzt durch die Hütte, die er vorläufig mit einem Klebeband an der Eingangstür versiegelte.

Von weiten hörten sie die Stimmen der Agenten. Sie waren noch zu weit weg, um sie deutlich zu verstehen.

Aber dann nach einigen Minuten verstanden sie, was Agente Paolo fortwährend rief, Assistente Capo, um accidente, ein Unfall, schon wieder ein Unfall mit einem Auto.

Ganz außer Atem trabte er heran, hinter sich mit einem ziemlichen Abstand Agente Alessandro, der noch mehr schnaufte.

Dort hinten, stieß er hervor, am Ende des Weges, kurz hinter der Kapelle, wo es auch gar nicht weiter geht, ist der 2 CV den Abhang hinuntergestürzt. Der muss sich überschlagen haben. Es ist nicht mehr viel von der Karosse übrig. Wir haben den Wagen soweit es ging untersucht, eine Menge Blut haben wir gesehen, aber keine Personen.

Er musste erstmal zu Atem kommen, bevor er weiter redete.

Überhaupt haben wir weit und breit niemand gesehen, aber die müssen ja irgendwo in der Nähe sein. Wenn die Flüchtigen so verletzt sind, können sie doch auch nicht weit kommen.

Wieso, unterbrach Assistente Capo den Redeschwall, sprichst du von die, von der Mehrzahl?

Naja, mischte sich nun Agente Alessandro ein, als wir um das Auto herumgingen, also um das Wrack, haben wir Fußspuren gesehen von zwei verschiedenen Schuhpaaren. Das hatte doch vorhin so geregnet, da waren die Abdrücke gut zu sehen.

Das Tal es ist übrigens sehr unübersichtlich und dicht mit Unterholz bewachsen, übernahm Agente Paolo noch einmal das Wort, wir wollten nicht weiter die Spuren verfolgen ohne Signore Assistente zu informieren. Sollen wir noch mal die Suche aufnehmen? Vielleicht finden wir die Flüchtenden und vielleicht können wir Ihnen helfen, wenn sie nicht zu schwer verletzt sind.

Ja, stimmte Assistente Capo zu, wir müssen auf jeden Fall die Verfolgung aufnehmen, nicht nur wegen der Versorgung der Verletzten, sondern auch, weil sie vielleicht die Täter sind und wenn nicht, können sie Auskunft über den Hergang des Verbrechens in der Hütte geben.

Also, macht euch wieder auf den Weg, nehmt sie fest, wenn ihr könnt. Ich schicke euch eine Ambulanza her.

19. Kapitel

Der Kommissar Petersen zupfte zufrieden mit der Welt hinter seinem Schreibtisch unbewusst an seinen Augenbrauen.

Also, Frau Margarete Schneider, jede Silbe betonte er überdeutlich, es ist gut, dass Sie sich überlegt haben, mir noch einiges von dem, was Sie mir bisher vorenthalten haben, mitzuteilen.

Naja, ergab sich Marga ihrem Schicksal, es blieb mir ja nichts anderes übrig, nachdem Sie mir das letzte Mal so gedroht hatten.

Marga hatte schon einige Minuten in dem Büro des Kommissars auf ihn gewartet, bis er endlich herein kam, die Blumengießkanne von der Fensterbank nahm, den Philodendron wässerte und sich ihr zuwandte.

Aber ich bitte Sie, versuchte es der Kommissar diplomatisch, es war doch nur in Ihrem Sinne, wenn unangenehme Tatsachen nicht an die Öffentlichkeit kommen. Denn, so wie Sie reagiert haben, als Sie das Foto des Opfers hier bei mir gesehen haben, war mir völlig klar, dass Sie die Person kennen müssten. Warum wollten Sie das nicht zugeben?

Das ist eine schwierige und lange Geschichte, Marga setzte sich jetzt in Positur, deswegen brauchte ich auch ein paar Tage, um mir darüber klar zu werden, was ich Ihnen erzählen will und was ich nicht erzählen will.

Kommissar Petersen fixierte sie kritisch bei dem letzten Satz und bedeutete ihr, wenn sie bei der Wahrheit bliebe, ist alles in Ordnung sei. Mehr will ich nicht von Ihnen. Und nun reden Sie nicht so um den Brei herum, sondern legen Sie Ihre Karten auf den Tisch. Der Kommissar wirkte zunehmend ungehalten.

Das Foto des Opfers, begann Marga mit belegter Stimme, erinnerte mich sofort an meinen Vater. Es gab eine frappierende

Ähnlichkeit mit Fotos aus der Mitte seines Lebens, hier schauen Sie, ich habe Ihnen einige Bilder mitgebracht.

Der Kommissar griff nach den Fotos, betrachtete sie eine Weile, nickte zustimmend und sagte, tja wirklich, wie aus dem Gesicht geschnitten. Man könnte fast meinen, sie seien Zwillinge gewesen.

Jaja, nickte Marga, da können Sie sich vorstellen, was ich für einen Schreck bekommen habe, weil ich gar nicht wusste, dass ich noch Verwandte hatte. Nun war mein Vater ja bereits vor fünf Jahren im Alter von 75 Jahren gestorben, mein lieber Vater, ganz warmherzig klang ihre Stimme, an den ich so hing. Und dieser Mann dort auf dem Foto sieht aus, als wäre er so um die 50 Jahre alt, als er aus dem Leben befördert wurde.

Das haben Sie hübsch gesagt, unterbrach der Kommissar, befördert, haha. Ja, Sie haben Recht, der Gerichtsmediziner hat das Alter des Opfers auch auf Anfang 50 festgesetzt.

Er machte eine bewusst lange Pause, in der er sie ausgiebig betrachtete und sie dann ermunterte, ich hoffe ja immer noch, mit Ihrer Hilfe an die Identität des Opfers zu kommen. Also bitte, fahren Sie fort.

Tja, wie soll ich Ihnen das alles erklären, Marga versank in Gedanken, ich habe in alten Unterlagen gestöbert, in alten Akten, auf dem Dachboden. Sie unterbrach sich kopfschüttelnd.

Mein Vater hatte alle Briefe, die er geschrieben hatte, kopiert und die, die er bekommen hatte, abgeheftet. Zum Glück war er außerordentlich gewissenhaft. In meiner Bibliothek füllen diese Akten jetzt einen halben Meter. Also, was ich gefunden habe, ganz sicher bin ich nicht, war folgendes: Mein Vater hatte viele Liebschaften. Und mit einigen von denen hatte er offenbar Kinder gezeugt. Also, das ist mir nun auch ein wenig peinlich, das jetzt hier so ausführlich auszubreiten.

Sie hielt inne und überlegte, was sie noch von sich geben könnte. Jedenfalls, fuhr sie fort, wenn ich jetzt zurückrechne, muss er um die 25 gewesen sein, als er das erste Mal Vater wurde. Genaueres kann ich natürlich erst sagen, wenn das Alter des Opfers einwandfrei feststeht.

Also, fuhr sie fort, vor 55 Jahren, oder so um den Dreh, lebte er einige Jahre in Paris und studierte dort Literatur und Philosophie. Er war mit Anfang 20 an die Sorbonne gegangen, anfangs noch ganz von dem Existenzialismus fasziniert, wandte er sich dann aber dem Strukturalismus und dem neauveau roman zu, wie ich aus den Unterlagen und den Briefen entnommen habe.

Ja und? der Kommissar wurde ungeduldig, kommen Sie doch mal zur Sache.

Ach, entschuldigen Sie bitte, ja natürlich, Marga hatte ihren Faden verloren, ja, was ich also sagen wollte, ist folgendes, in jener Zeit lernte er eine Francoise kennen, mit der er einige Monate eine heiße Liebschaft pflegte. Ich war total überrascht, was dort alles in den Briefen an Details aufgeführt waren. Über verschiedene Positionen, die sie ausprobiert hatten, aber lassen wir das. Sie hielt kurz inne, errötete, und senkte ihren Blick, da der Kommissar sie angeregt fixierte.

Jedenfalls, sagte sie zögernd und räusperte sich, wurden in einem Brief auch Probleme mit einer Schwangerschaft erwähnt und dann gab es ein Datum, wo ich mir nicht klar war, ob es sich um einen Abbruch der Schwangerschaft handelte oder um ein Geburtsdatum.

Wie bitte? fragte der Kommissar jetzt höchst interessiert, das verstehe ich nicht. Ein Datum? Welches Datum? Und warum ist es Ihnen unklar?

Das Datum im Brief war der 30. 6. 64, antwortet Marga, und dahinter war ein Kreuz gezeichnet und das Kreuz war übermalt mit einem Geburtsstern. Sie sah ihn herausfordernd an und sagte, also waren alle Interpretationsmöglichkeiten offen.

Nehmen wir mal an, fuhr sie fort, dass es der Geburtstag war, dann könnten Sie in Paris im Einwohnermeldeamt nachfragen ob eine gewisse Françoise an diesem Datum einen Jungen mit Nachnamen Schneider zur Welt gebracht hat. Denn um einen Jungen muss es sich ja handeln, nicht wahr, Herr Kommissar?

Wie kommen Sie denn darauf?

Nun, in einem folgenden Brief hatte mein Vater beschlossen, das Kind als seinen Sohn anzuerkennen, unter der Voraussetzung dass der Familienname Schneider und der Vornahme Mathias eingetragen wurde. Von der Geliebten habe ich keine Einwände gefunden, vielleicht auch deswegen nicht, weil er versprach, für das Kind zu sorgen.

Ach so, na dann, Frau Scheider, fasste Kommissar Petersen spitzfindig zusammen und lehnte sich lächelnd zurück, dann hatten Sie wohl seit ihrer Geburt einen Halbbruder, von dem Sie nichts wussten?

Ja, so ist es, stimmte sie gereizt zu, und ich weiß auch bis heute nicht, ob ich noch mehr Halbgeschwister habe. Eine ganz blöde Situation ist das, rief sie aus. Ich war doch immer in der Annahme aufgewachsen, ein Einzelkind zu sein. Jedenfalls bin ich immer so von meinem Vater behandelt worden.

Sie reden immer von Ihrem Vater, unterbrach der Kommissar, was war denn mit Ihrer Mutter?

Wollen Sie das wirklich wissen, Marga zog die Stirn kraus, das hat doch eigentlich mit dem Fall nichts zu tun.

Ja natürlich, da haben Sie Recht, räumte der Kommissar ein, aber vielleicht könnten Sie einfach meine Neugierde befriedigen, und er lächelte sie charmant an.

Hm, überlegte Marga, ja, warum sollte ich es verheimlichen. Meine Mutter hat sich relativ jung das Leben genommen. Man könnte das als Wilmersdorfer Fenstersturz bezeichnen.

Marga blickte den Kommissar fest an, bevor sie weiter sprach, das war schrecklich und grausam. Ich erinnere mich noch gut daran. Ich habe sehr unter dem Verlust gelitten.

Sie räusperte sich, ihre Augen schimmerten feucht und sie brauchte eine Minute und ein Tuch um fortzufahren.

Unglücklicherweise musste ich in den folgenden Jahren mit einigen bösen Stiefmüttern zurechtkommen, die es immer nur kurze Zeit mit meinem Vater ausgehalten haben. Aber Schluss damit, unterbrach sie sich selbst abrupt und setzte sich wieder in Positur.

Es entstand eine Pause, in der der Kommissar mit den vor ihm liegenden Papieren raschelte, um die Leere der Zeit zu überbrücken.

Schließlich räusperte er sich und bemerkte, jaja, das Leben ist ein Rohr, wie meine Mutter immer sagte, man macht viel durch.

Bitte, was haben Sie gesagt, irritiert zuckte Marga zusammen, finden Sie dieser Äußerung angemessen?

Entschuldigen Sie bitte, Frau Schneider, ich wollte nur eine unziemliche Unterbrechung machen, um noch eine abschließende Frage zu stellen.

Er blickte sie forschend an, als er nachhakte, in den Briefen ihres Vaters war also von diesem Matthias Schneider mit einem Geburtsdatum die Rede. Gab es keine weiteren Informationen? Im welchen Teil von Paris das Kind zur Welt gekommen war? Keine Straße? Oder Angaben über spätere Besuche des Vaters? Wie lange er für das Kind gesorgt hat?

Das kann ich Ihnen alles nicht beantworten, Marga reagierte genervt auf die Fragen, ich habe nur einen Teil der Briefe gelesen und ich denke, das müsste Ihnen jetzt auch reichen.

Jaja, nickte der Kommissar verständnisvoll, ja, ich danke Ihnen vielmals für Ihre Mühe. Sie haben mir schon sehr gut geholfen. Ich werde jetzt unter diesem Namen und dem Geburtsdatum in unseren Datenbänken nach der Person suchen lassen und ich bin sicher, dass wir etwas finden werden, falls diese Person schon mal aktenkundig geworden ist. Andernfalls müssen wir in den Einwohnermeldeämtern, in denen ja nun auch alle Daten zur Verfügung stehen, nachforschen.

Sind Sie denn daran interessiert, fragte der Kommissar, dass wir Ihnen die Informationen, die wir über die Person herausfinden, zukommen lassen? Es ist ja immerhin Ihr Halbbruder, der erschlagen wurde.

Ja, Marga überlegte, ich glaube, es wäre wohl nicht schlecht, mehr über ihn zu erfahren. Und, was ich noch fragen wollte, wer ist denn jetzt für die Beerdigung zuständig? Habe ich damit irgendetwas zu tun?

Eigentlich nicht, antwortete der Kommissar, denn, wenn die Leiche endgültig frei gegeben wird, wird das Opfer auf Staatskosten beerdigt.

Er überlegte noch kurz und meinte noch einen Rat geben zu müssen, Sie können natürlich, wenn Sie wollen, an der Beerdigung teilnehmen.

Damit erhob sich der Kommissar, gab ihr die Fotos zurück, reichte ihr seine Hand, verbeugte sich höflich und geleitete sie zur Tür mit der Floskel, es war mir eine Ehre, Sie kennen zu lernen, Frau Schneider. Auf ein Wiedersehen.

Übertrieben aufrecht stolzierte sie auf den Stilettos in ihrem eisblumenfarbigen Kostüm vor den Augen der dort wartenden Polizisten mit schwingenden Hüften davon. Sie glaubte einen leises Pfeifen zu hören, hob den Kopf noch mehr, sodass die Haare mit einem besonderen Schwung in den Nacken fielen und verschwand hinter der nächsten Biegung.

20. Kapitel

Freddie hastete durch das Dickicht und schrie, du Schwein, Andro, wo bist du?! Voller Verzweiflung und Wut kämpfte er sich durch Büsche und Unterholz. Er achtete nicht darauf, dass ihn die Zweige und Äste ins Gesicht schlugen. Aus verschiedenen Wunden blutete er bereits. Beseelt von dem Wunsch Andro zu stellen, kämpfte er sich einen Weg durch Dornen und Gestrüpp, in der Hoffnung ihn zu finden, bevor es ganz dunkel wurde.

Er war schon mehr als 1 Stunde unterwegs und ziemlich weit von der Hütte entfernt. Er hatte den 2 CV am Ende des Waldwegs an einem Abhang umgestürzt als Wrack gefunden. Vielleicht fuhr der Wagen noch, aber er war auf der Beifahrerseite verdammt stark verbeult. Offenbar hatte Andro mit dem Fahrzeug flüchten wollen und war am Ende des Fahrweges an dem Hang gescheitert.

Er konnte sich nicht daran erinnern, ob Andro überhaupt einen Führerschein besaß und außerdem war die altmodische Revolverschaltung an dem Lenkrad für Ungeübte nicht einfach zu bedienen.

Daher war er eigentlich nicht überrascht gewesen, das Auto dort vorzufinden. Ohne sich weiter aufzuhalten, nahm er die Verfolgung auf, auch weil ziemlich viele Blutspuren an der Fahrertür zu sehen waren und er im Stillen hoffte, vielleicht ist diese Schwein Andro schwer verletzt und kommt nicht weit.

Anfangs war er den Fußspuren gefolgt und hatte bereits ein ziemliches Areal abgesucht, aber irgendwann verlor er die Spuren unerklärlicherweise. Als hätten sie sich in Luft aufgelöst. Nach dem Regen waren die Fußabdrücke anfangs gut zu sehen, dann wegen der einbrechenden Dämmerung jedoch immer schlechter zu erkennen und so hatte er sich in blinder Wut und mit schreiendem Hass in verschiedenen Richtungen durchgerobbt.

Das Dickicht wurde jedoch immer undurchdringlicher und er konnte nicht begreifen, wo das Schwein abgeblieben war, wo es sich versteckt haben könnte.

Einige Male hatte er schon oben in den Ästen der großen, alten Olivenbäume gesucht, ob es sich dort verborgen hätte.

Es ist wie vom Erdboden verschluckt, stellte er grimmig fest und weil er nicht weiter wusste und vor Verzweiflung nicht mehr weiter konnte, rief er erneut, Andro, du Schwein! Zeig dich! Was hast du uns angetan! Du Mörder! Totschläger! Ich hasse dich! seine Stimme, schrill und heiser, kippte weg. Er fing an zu heulen, zu schreien, starr vor Wut und verzweifelt, schrie er in seiner Hilflosigkeit erneut, warum!? Warum musstest du uns das antun?

Dann sank er auf die Knie, hämmerte mit den Fäusten auf den Boden, schluchzte wieder und wieder, warum? Warum? bis er nicht mehr konnte, in sich zusammensank und es ganz still um ihn wurde. Gekrümmt, in Embryohaltung jammerte er schluchzend vor sich hin und nahm die Welt nur noch als Schmerz wahr.

Er wusste nicht mehr, wie lange er so zusammengerollt auf dem Boden zugebracht hatte, als er Stimmen hörte, die langsam näher kamen.

Stimmen, die ihm vertraut waren, wenn sie auch Italienisch klangen. Er erhob sich halb und machte mit schwacher Stimme auf sich aufmerksam. Es waren die Agenten Paolo und Alessandro, die seinen Fußspuren gefolgt waren und seine Wutschreie einige Male gehört hatten.

Sie halfen ihm auf die Beine und nahmen ihn in ihre Mitte auf den Rückweg, bevor die Nacht vollständig hereinbrach und eine weitere Suche nach dem Täter in der Dunkelheit unmöglich wurde.

In die Mitte genommen, stützten sie ihn und sprachen fürsorglich auf ihn ein, mit Worten, die er nicht ganz verstand, aber, die ihm wohl taten, ihn beruhigten.

Als sie das Wrack passiert hatten und auf dem Waldweg in Richtung Hütte waren, versuchten sie ihn zu befragen.

Agente Paolo bemühte sich als erster den Verstörten zum Reden zu bringen, Freddie, bist du denn schon in der Lage, etwas von dem Geschehen in der Hütte zu berichten?

Freddie hatte die Frage nicht ganz verstanden, sein Italienisch war nicht gut genug. Agente Alessandro versuchte es daraufhin, du kannst auch auf Deutsch antworten. Du weißt doch, dass ich das verstehe.

Wenn es geht, dann versuche mal den Hergang oder was du davon erinnerst zu beschreiben, redete Agente Alessandro begütigend auf ihn ein, nimm dir Zeit. Bis zur Hütte brauchen wir noch 10 Minuten.

Jaja, ich, ich versuche es, stotterte Freddie, ich bin noch ganz durcheinander, was soll ich beschreiben? Ach, ich bin so wütend, scheiß wütend auf dieses Schwein Andro! Und wir, wir haben ihn noch aufgenommen! Ich kann einfach nicht verstehen, was er uns angetan hat! Warum eigentlich!? Er zitterte vor Wut.

Wie geht es eigentlich jetzt Irene, fragte er unvermittelt und besorgt, als ihm die ganze Dimension des Geschehens einfiel.

Die beiden Agenten blickten sich stillschweigend an und gaben sich durch leichtes Kopfschütteln das Zeichen, darauf nicht wahrheitsgemäß zu antworten.

Paolo erklärte nur, dass ein Wagen der Ambulanza an der Hütte warten würde. Das schien Freddie zu beruhigen, sodass er von dem vergangenen Tag erzählen konnte.

Ich war doch heute Morgen ziemlich gerädert aufgewacht, brachte er hervor, hatte kaum geschlafen in der Nacht, schrecklich viele Gedanken waren mir durchs Gehirn gezogen, aber ich glaube, Irene hatte sehr gut und tief geschlafen, und ich vermutete auch Andro. Dann gab es ein Tohuwabohu anstelle eines Frühstücks, weil wir uns nicht einig werden konnten, was und wo wir frühstücken wollten. Damit fing die ganze Scheiße schon an. Freddie blieb die Luft weg, musste stehen bleiben um wieder gleichmäßig zu atmen. Dann erzählte gehend weiter.

Andro war heute Morgen völlig auf Krawall gewesen und fing mit jedem von uns Streit an. So haben wir einige Zeit mit Streitereien und Rumschreien verbracht, anstelle eines geruhsamen Vormittags. Mir ist das alles so auf den Keks gegangen, dass ich einfach einen Spaziergang in Richtung Dorf gemacht habe, das ist ja nicht sehr weit von uns. Ist eine halbe Stunde zu Fuß. Dort habe ich in Ruhe in der Trattoria gefrühstückt. Als ich von der Hütte losging, fetzten sich Irene und Andro schon wieder, ich weiß nicht mehr, worum es ging. Doch, jetzt fällt es mir wieder ein, die Hunde waren verschwunden, an denen die Irene so hing und sie warf ihm vor, für das Verschwinden verantwortlich zu sein. Er hätte sie nicht gemocht und sie verjagt oder sogar erschlagen, keifte sie ihn an.

Jedenfalls war mir das zu blöd, dieser ewige Streit und bin losgezogen. Als ich weit nach Mittag zurückkehrte, sah ich gerade wie Andro aus der Hütte rausstürmte und in die andere Richtung zum Auto rannte. Von Irene war nichts zu sehen, also bin ich sofort in die Hütte rein, um nach ihr zu schauen. Sie lag auf dem Rücken, auf unserer Matratze unter einem Haufen Decken und sah merkwürdig blass, erschöpft und mitgenommen aus, aber sie schien mir friedlich wie im Schlaf zu sein. Als ich sie dann wecken wollte, merkte ich, dass sie nicht reagierte. Ich habe sie gerüttelt, aber es kam keine Reaktion. Da wusste ich überhaupt nicht, was ich machen sollte, bekam Panik und Wut, weil ich annahm, dass Andro ihr irgendetwas angetan hätte, sie vielleicht….. Freddie hielt abrupt inne und redete dann zu sich laut, ja, was habe ich eigentlich in dem Moment gedacht?

Ich glaube, ich wollte es nicht zu Ende denken. Ich bin einfach losgelaufen, ohne zu denken, in dieser Panik, hinter Andro her und ich denke auch noch immer, dass sie nur ohnmächtig war. Und das war sie doch auch, nicht wahr? wandte er sich erregt mit ängstlich aufgerissenen Augen an Paolo und dann zu Alessandro blickend, immer noch voller Hoffnung auf eine positive Antwort.

Aber die Agenten schwiegen weiterhin, gingen immer weiter, ihn in der Mitte stützend, der jetzt Schritt um Schritt in sich zusammen sank und von ihnen gehalten werden musste.

Nun sahen sie endlich den Wagen der Ambulanza mit den hin und her springenden Signallampen auf dem Fahrzeugdach vor der Hütte stehen. Die beiden hinteren Türen wurden gerade vom Fahrer verschlossen. Der Beifahrer saß bereits in dem Wagen, als der medico di emergenza auf Freddie zukam, ihm mit ernstem Gesicht die Hand reichte und etwas auf Italienisch sagte, was er nicht verstehen konnte.

Alessandro übersetzte auf Deutsch, er hat dir sein herzliches Beileid ausgedrückt und gefragt, ob du nicht lieber mitkommen willst, anstelle die Nacht in der Hütte allein zu verbringen?

21. Kapitel

Hast du schon von Mathies gehört?

Nein, was es mit ihm?

Er hat die Seiten gewechselt.

Wie meinst du das, die Seiten gewechselt? Politisch oder physiologisch? Ist er nicht mehr schwul?

Nein, Nein, dazu ist es nicht mehr gekommen. Er ist vom Diesseits ins Jenseits gewechselt, letzte Woche hat ihn jemand dazu verholfen.

Das verstehe ich nicht, wie konnte das denn passieren? Er war doch immer so vorsichtig beim Eintauchen in einem fremden Ego Tunnel.

Ja sicher das war er, klar, und er hatte ja auch genug Studien betrieben und genügend Erfahrung gesammelt in seinem unsteten Leben, sagte der älterer Kollege.

Ich habe übrigens sehr gerne mit ihm zusammengearbeitet, stellte der Jüngere beiläufig fest, der erst in dieser Minute, an diesem Donnerstagmorgen durch den Kollegen vom Tod des Matthias Schneider erfahren hatte. Er beugte sich wieder über die einzeln aufgebauten Reagenzgläser, in denen er verschiedene Substanzen vermischen wollte.

Sein Gesprächspartner, Karl Strauch, ein Mann um die 50 mit einem schon ergrauten Kinnbart, frisiert im Stil Walter Ulbrichts, dem ehemaligen Staatsratsvorsitzenden der DDR, wandte sich ebenfalls zu seinem Arbeitsplatz, an der gegenüberliegenden Seite des Labors, auf dem mehrere elektronische Feinwaagen aufgebaut waren.

Bevor er sich der Arbeit intensiv widmete, meinte er doch noch einiges zum Verlust ihres Kollegen mitteilen zu müssen. In Gedanken schüttelte er seinen Kopf, der nur noch durch einen Haarkranz bedeckt war.

Sich in Richtung seines Kollegen drehend, sagte er schließlich, Kollegen waren wir alle mal, man könnte sogar von Kumpanen reden. Du bist ja noch nicht so lange im Haus hier bei uns, Friedel, ich nehme an erst sechs oder sieben Jahre, nicht wahr? Aber mit Matthies war ich an die zwanzig Jahre zusammen.

Ihr habt euch also schon lange gekannt, lange bevor der Laden hier gegründet wurde? Friedel Schönling wollte das im Grunde gar nicht wissen und lieber an seinen Versuchen arbeiten, aber er hatte den Eindruck, dass sein Kollege, der Karl Strauch, nicht an sich halten konnte.

Daher drehte er sich noch mal zu ihm um, lehnte sich an die Laborplatte, stützte sich mit den Händen nach hinten ab und wartete mit dem inneren Vorsatz, nicht länger als fünf Minuten werde ich mir das Gesülze anhören, auf die Enthüllungen, die nun doch auf sich warten ließen, sodass er ihn direkt fragen musste, von wem hast du denn eigentlich diese Neuigkeiten?

Karl strich sich bedächtig über seine hohe Stirn und holte aus, nun ja, bisher dachten wir alle, also ich und auch die anderen Kollegen von Mathies´ Abteilung, er wäre krank geworden oder einfach mal wieder für ein paar Tage ins Blaue gefahren, wie er das früher gemacht hat.

Aber dann tauchte gestern ein leitender Kommissar der Kripo mit Namen Petersen auf und erkundigte sich in der Abteilung nach Matthies, ob sie einen Matthias Schneider kennen würden und ob der hier seiner Arbeit nachginge. Und er hatte ein Foto von Matthies bei sich, das er herumzeigte. Und da sah der eine Kollege, der Ruprecht, so hat der mir das erzählt, sofort, dass da was mit Mathies nicht stimmte, denn das Foto zeigte ein erloschenes Gesicht, also das Gesicht eines Toten. Karl Strauch machte eine bedeutungsvolle Pause, wartete auf eine Reaktion, aber sein Kollege hielt sich zurück.

Und als dem Kommissar, fuhr Strauch nun fort, die Identität bestätigt worden war, hat der Beamte noch berichtet, wie Matthies umgekommen wäre. Einfach erschlagen worden, von hinten, brutal erschlagen und ausgeraubt.

Karl Strauch war sichtlich erregt, fuchtelte mit den Händen und holte weiter aus, man weiß nicht warum und wenn man andererseits bedenkt, dass das jedem passieren könnte, in einer öffentlichen Herrentoilette, dann ist das schon ein unglaubliches Ding. Von hinten erschlagen mit einer Skulptur eines berühmten Bildhauers, ich hab den Namen nicht behalten, jedenfalls hat der Kommissar das noch erwähnt.

Und, Karl Strauch war jetzt richtig in Fahrt, sie hätten den Toten auch erst zwei Tage nach der Tat gefunden, also so vor fünf Tagen, als eine Reinigungskolonne routinemäßig die Anlage säubern wollte. Zuerst wussten sie auch überhaupt nicht, um wen es sich bei dem Toten handelte, weil die Papiere fehlten. Aber dann, so hat es der Kommissar berichtet, hätten sie mithilfe von Angaben einer Zeugin über die Einwohnermeldekartei Mathies Wohn- und Arbeitsadresse gefunden. Sonst hätten wir es immer noch nicht erfahren. Und dabei soll nächste Woche schon die Beerdigung sein. Karl Strauch war ziemlich ungehalten.

Weiß man denn schon etwas über den Täter, fragte jetzt nicht übermäßig interessiert Friedel Schönling, von einem Bein auf das andere tretend um seine Ungeduld abzureagieren.

Leider wollte der Kommissar nichts darüber sagen, beklagte Karl Strauch, aber immerhin, soweit er sich äußerte, hätten sie eine konkrete Spur und in ein paar Tagen würden sie zuschlagen, was das immer auch heißen mag.

Um das Gespräch irgendwie zu Ende zu bringen, versuchte Friedel Schönling eine mögliche Erklärung für die Tat zu finden, vielleicht hat der Totschlag etwas mit seinen Männerbeziehungen oder sogar mit seinen Drogengeschichten zu tun?

Aber wie kommst du denn darauf?

Nun, hier in der Firma habe ich so einiges munkeln hören, ließ Schönling seine Antwort im ungefähren, um endlich wieder an seine Arbeit zu kommen.

Aber da hatte er nicht mit der Bereitschaft von Karl Strauch gerechnet seinen alten Kumpan zu verteidigen, das mit dem Stoff liegt doch schon so viele Jahre zurück. Das war ja ganz am Anfang, als wir uns zusammengetan und eine kleine Laborküche eingerichtet hatten. Damals hatten wir alles noch selber eingekocht und dann auf dem Markt verhökert. Das war zwar gefährlich, aber wir waren halt jung und blauäugig.

Wie seid ihr eigentlich dazu gekommen? Jetzt schien Friedel doch neugierig zu werden.

Nun, du weißt doch, ich habe Chemie studiert und Matthies war wegen seiner Abhängigkeit schon auf dem Markt zu Hause, hatte gute Kontakte, handelte mit Crack und MDMA, er kam eigentlich aus der Haschischszene mit Geschäftsbeziehungen nach Marokko. Das war so Mitte der neunziger, als wir uns in Marseille kennen lernten.

Abrupt wurde die Tür aufgerissen und der Kollege Buchmeier stürmte herein, gerade habe ich erfahren, rief er, ich weiß gar nicht von wem, dass sie den Mörder in Italien gefasst haben. Die Spur, die der Kommissar erwähnt hatte, war wohl die richtige gewesen. Einzelheiten gibt es noch nicht, aber merkwürdigerweise sollen die beiden, also Täter und Opfer, miteinander verwandt gewesen sein. Vielleicht ist die Namensgleichheit auch ein Zufall.

Und schon war Buchmeier wieder raus aus dem Raum, ließ die beiden zurück mit neuen Spekulationen und rannte mit seinen Neuigkeiten in den nächsten Laborraum.

Na, das ist ein Ding, entfuhr es Strauch, ein Geschwistermord, aber das kann ich mir gar nicht vorstellen, ist sicher nur ein Zufall mit den Namen, Schneider gibt es ja nicht wenige auf der Welt.

Hm, machte Friedel Schönling, das ist ja ein verrückter Morgen, wollen wir denn nicht endlich mal wieder was tun? Ich war nämlich gerade dabei ein neues Produkt zu kreieren, eins ohne Nebenwirkungen, ohne Kopfschmerzen, nur mit dem vollen Gefühl des Fliegens und der starken Potenz, einer Potenz über mehrere Stunden, wäre das nicht toll?

Jaja, nickte gedankenverloren Strauch, sowas haben wir früher mit Molly gemacht, nur leider musste man immer wieder neuen Stoff nachwerfen, das hielt leider nicht so lange an und immer hatte man über Stunden diese lästigen Kopfschmerzen.

Strauch war noch ganz in den Erinnerungen verfangen, aus denen er gerade geschöpft hatte, war noch nicht zurück in das transparente Jetzt gelangt, sodass er weiter kopfschüttelnd über die Nachricht vom Brudermord an die Vergangenheit dachte, die er Ende der Neunziger in Marseille mit Matties verbracht hatte.

Damals, sagte er, waren wir wie Pech und Schwefel, wir hatten den ähnlichen Geschmack, was die Weiber anging und waren auch bei den harten Lederboys gefragt. Naja, wir haben sie alle mit Stoff versorgt. Er räusperte sich, blickte zur Decke und dann kam die Erinnerung wieder über ihn.

Dabei war Matthies eigentlich ein ganz braver Bursche. Was er mir erzählt hatte, klang nach kleinbürgerlicher Herkunft. Ich glaube, er hatte seine Kindheit in Paris verbracht, in dem alten, abgewirtschafteten Judenviertel, bei seiner Mutter, die auf'm Strich gehen musste, um sie beide durchzubringen.

Strauch betonte mit einer ausladenden Geste seiner Rechten das Gesagte und verlor sich dann erneut mit einem Blick an die Raumdecke in die Betrachtung alter Zeiten.

Mathies war schon früh mit Straßengangs in Berührung gekommen und musste auch seinen Arsch hinhalten…… Soweit ich
weiß, hatte er dann Glück gehabt und ist irgendwie über so einen
Lover in die Gewerkschaft reingekommen. Aber leider, wie das
Schicksal manchmal so spielt, ist er beim Dealen aufgeflogen,
hatte mit seinem Amigo Geld aus der Gewerkschaftskasse
unterschlagen und daraufhin kam er in den Bau. Zwei Jahre hat er
brav abgesessen, natürlich wieder seinen Hintern hingehalten um
für seine Karriere draußen Kontakte zu schmieren. Und irgendwie
ist es ihm dann gelungen, eine Ausbildung als Sozialarbeiter zu
machen, und später ist er sogar als Leiter eines Heimes für
haltlose Jugendliche aufgestiegen.

Strauch nickte vor sich hin, wollte noch weiter aus der alten
Zeit schwärmen, aber Friedel bremste ihn mit einem harschen
Ton, lass es gut sein, ich will endlich was machen.

Aber, hob Strauch noch mal an, ich bin gleich fertig, muss das
noch loswerden, sonst denke ich den ganzen Tag noch an die alte
Geschichte und bin für nichts zu gebrauchen.

Also, was ich dir noch erzählen wollte, aus der Zeit kannte er
Jungs, die ihn immer wieder besuchten und mit denen er seine
sexuellen Vorlieben auslebte. Die waren teilweise als Kinder in
das Heim gekommen und total von ihm abhängig gemacht
worden, auch schon mit Crack, das macht doch enorm geil und
übermütig, aber das brauche ich dir ja nicht zu sagen.

Ja und, drängte Friedel Schönling und verdrehte genervt die
Augen, komm zum Schluss.

Einer von denen war wie vernarrt in Mathies, so um die 15
Jahre alt, hatte ihn regelmäßig kontaktet, später lebten die
beiden sogar eine Weile in einer Laube zusammen, als Mathies
nicht mehr Heimleiter war. Er hatte irgendetwas Krummes ange-
stellt und war rausgeflogen. Der Junge war seinetwegen aus dem
Heim getürmt und betete ihn an. Das konnte natürlich auf die

Dauer nicht gut gehen. Es wurde eine Hassliebe, die gewalttätig auseinander ging.

Vielleicht, überlegte Karl laut, hat der Totschlag doch etwas mit der Sache von vor 15 Jahren zu tun, 'ne späte Rache oder so?

Friedel Schönling zuckte mit den Schultern, drehte sich zu den Reagenzgläsern und brummte, Totschlag aus Rache, hab ich doch gleich gesagt.

22. Kapitel

Er lag angeschnallt mit dem Rücken auf einem frischen Laken eines weiß lackierten Krankenhausbetts und dämmerte vor sich hin. Wenn er die Zeit nicht verloren hätte, dann wüsste er, dass er in diesem Raum bereits seit über 12 Stunden lag, größtenteils ohne Bewusstsein, durch Spritzen sediert und unter Aufsicht eines Agenten der örtlichen Polizei.

Die Carabinieri waren froh, dass sie ihn endlich gefasst hatten. Er hatte sie lange an der Nase herum geführt und war immer wieder entwischt, im dichten Unterholz, hatte sich versteckt in Höhlen und teilweise in Baumkronen.

Die italienischen Ärzte sollten ihn transportfähig machen, noch war sein Zustand äußerst kritisch, damit er in den nächsten Tagen nach Deutschland überführt werden konnte.

Er hing sozusagen am Tropf.

In diesem Zustand der intransparenten Dämmerung beschäftigte sich sein Gehirn mit Dingen, die er nicht mehr ändern konnte, die über ihn gekommen waren, wie er glaubte, ohne sein Dazutun, und die jetzt in einem luziden Traumbewusstsein ihre eigene Wirklichkeit begründeten.

In allen Einzelheiten sah er ganz genau wieder das Innere der Hütte, in der er am Vormittag nach einem sehr unruhigen Schlaf aufgewacht war. Er sah als erstes, nachdem er sich von den kratzenden Decken befreit hatte, die Unterseite des unverkleideten Daches, er sah die Sparren, die Latten, die Ziegel und kleine Singvögel, die zwischen Ritzen der Ziegel hindurchschlüpften, für Bewegung über ihn sorgten, und seine Aufmerksamkeit für eine Weile in Anspruch nahmen. Mit der Zeit wurde er sich seiner Lage als ungebetener Gast in diesem spartanischen Heim bewusst, vor allem durch das hysterische Gejammer einer Frauenstimme, die sich von weit her in sein Traumbewusstsein einnistete und dann in plötzlicher Deutlichkeit als die Stimme Irenes, von außerhalb der Hütte, in sich ständig wiederholende Aufschreie erkennbar personifizierte: Erschlagen! Erschlagen! sie sind erschlagen!

Er beobachtete, wie er sich im Traum erhob, ohne dass es eine körperliche Anstrengung brauchte, wie er zur Spüle ging, ein Glas Wasser füllte, einen Schluck trank, das Wasserglas in der Spüle zerschlug, ohne dass es ein Geräusch machte, wie er die Tür öffnete und in die Sonne hinaustrat. Die Stille draußen war für ihn umwerfend stark, keine Geräusche, kein Schreien mehr, und obwohl er Irene gestikulierend ihre Lippen bewegen und den Mund aufreißen sah, hörte er nicht, was sie von sich gab.

Er war in einem Stummfilm.

Nur ein unvergleichlich intensiver Geruch von Rosmarinwürze umhüllte ihn und löste die unsägliche Lust auf Hammelkoteletts mit Rosmarinkartoffeln und feinen Bohnen aus und er fragte sich, wann er das Gericht zum letzten Mal genossen hätte.

Urplötzlich wechselte der seinen Appetit anregender Duft in den Atemschwall einer säuregeschwängerten Geruchsexplosion, die auch den Ton wiederbrachte. Ein Fauchen, schrilles Schreien einer sich überschlagenen Stimme und um sich schlagende Arme teilte seinen Körper in zwei Präsenzen, in eine beteiligte und in eine beobachtende.

Der Beobachtende trat einen Schritt zurück, spürte eine unbändige Verzweiflung hochkommen und sah, wie Andro sich wütend wehrte, auf Irene einschlug, wie sie sich losriss, wie er sie verfolgte, dabei von dem Tisch die leere Weinflasche des vorigen Abends an sich riss und hinter ihr in die Hütte stürzte. Er hörte noch ein gurgelndes Röcheln und einen satten Aufschlag.

Danach kehrte wieder die Stille des Stummfilms ein und der Beobachtende drehte sich um seine eigene Achse um etwaige Zeugen des Vorfalls zu identifizieren. Nur ganz in der Ferne sah er die Gestalt Freddies auf dem Waldweg verschwinden.

Die Silhouetten weißer Kittel und von weit entfernt auf ihn eindringende Stimmen in einer fremden Sprache zwangen Andro seine luzide Traumebene aufzugeben und sich in die nüchterne Weiße eines Krankenhauszimmers zurück zu beamen.

Un giorno o due dovremo tenerlo qui, drangen italienische Brocken unverständlich zu ihm durch.

Dann schwappte wieder die Welle der Bewusstlosigkeit über ihn hinweg und er wurde hinab in die Tiefe seiner wahren Wirklichkeit gezogen.

Er sah sich nach einem Zeitloch aus der Hütte treten, erregt, mit vor Wut verzerrtem Gesicht, einen Moment vor der Tür stehen bleiben und dann, panisch um sich blickend, zu dem Auto rennen, dass er bisher nur am Rande wahrgenommen hatte.

Er wusste, dass er keine Ahnung von Autotechnik hatte, dass er noch nie einen 2 CV gefahren hatte. Er sah sich hineinspringen.

Der Schlüssel steckte zu seiner Überraschung. Er hatte es zwar gehofft, aber nicht damit gerechnet. Der Motor sprang sofort an.

In dem Moment, als sich der Wagen fort bewegte, fühlte er sich wieder zu einer Wesenheit vereint, zu einer Präsenz, die die Verantwortung für das Geschehen übernehmen wollte.

Er steuerte die alte Blechkiste mit beiden Händen am Lenkrad festgekrallt über den unebenen Boden des Fahrweges. Zum ersten Mal fühlte er das von anderen vielbeschworene Gleiten, das Fortbewegen wie von Zauberhand, nur weil ein Fuß auf ein Pedal drückte.

Und er drückte mehr auf das Pedal, der Wagen machte einen Sprung, er riss an dem Lenkrad, vergaß das Pedal und der Motor blockierte. Der Wagen stand. Er fühlte kalten Schweiß am Körper ausbrechen.

Er hatte keine Ahnung, wofür der krumme Schalthebel neben dem Lenkrad war und warum es drei Pedale im Fußraum gab.

Er startete erneut, gab Gas, der Motor heulte auf, der Wagen sprang nach vorn und rollte holpernd zwischen den Bäumen hin. Er freute sich über die Bewegung, es fühlte sich überhaupt nicht nach fliehen an.

Aber am Ende des Weges, in der Lichtung, geriet er in Panik. Das Auto rollte immer weiter, er klammerte sich fester an das Lenkrad, kam nicht auf die Idee, einfach die Tür zu öffnen und hinaus zu springen, wusste nichts vom Bremspedal und stürzte ohne Halt, seitlich wegbrechend mit der Karosse den Hang hinunter in das Unterholz, überschlug sich und blieb, von einem Baumstamm aufgehalten, unten liegen.

In diesem Moment löste sich wieder eine Wesenheit aus seinem Körper und schwebte über dem Autowrack in einem seligen Gefühl der Leichtigkeit, des aufgehoben Seins im All-Einen.

Nach einer unmessbaren zeitlosen Phase, sah er, noch immer schwebend, wie Andro, am Kopf stark blutend und den linken Arm seitlich verrenkt, aus der aufgeklappten Beifahrertür des 2 CV kletterte, wie er sich mit seinem Unterhemd den Kopf notdürftig verband und dann, nur noch mit der zerrissenen Hose bekleidet, Schritt um Schritt schwankend, gebeugt im Unterholz verschwand.

Im Traum erinnerte er sich noch an die erste Nacht, die er in einer Astgabel eines Affenbrotbaums zugebracht hatte, in einem mächtigen alten Baum, der leicht zu erklettern war und mit seiner vielblättrigen, dichten Laubkrone einen guten Schutz bot. Schlafen konnte er kaum, denn um nicht abzurutschen, musste er sich permanent festklammern.

Bis zu diesem Platz hatte er sich mühsam geschleppt, getrieben von den hinter ihm erschallenden Rufen und Wutschreien Freddies. Andro, du Schwein, hörte er wie in einem Echoraum näher kommen und sich entfernen.

Einige Male war Freddie dicht herangekommen, sodass er sich schon aufgespürt glaubte. Aber das dichte Unterholz und auch sein angehaltener Atem schützten ihn vor Entdeckung. Das Blut stieg ihm dann schmerzend zu Kopf, als er minutenlang nicht Luft holen konnte.

Zeitweise hatte er sich auch in Erdhöhlen versteckt, mit Ästen und Laub zugedeckt und abgewartet, bis es dunkel wurde. Kalt wurde es in der Nacht und feucht in der Erde. Endlos zog sich die Zeit hin, unterbrochen von kurzen Schlafphasen, in denen das Rascheln der Mäuse, Ratten und anderer unbekannter Kreaturen seine Traumgespinste beschlichen und ihn schweißgebadet und aufgeschreckt zurück ließen.

Am nächsten Morgen wurde er von Stimmen geweckt, die von überall her zu kommen schienen, die sich untereinander mit Rufen in Italienisch verständigten.

Als die Stimmen nach für ihn endlosen Stunden schwächer wurden, entschied er zu handeln und kletterte aus seinem Baumversteck, das er nach der schrecklichen Nacht in der Erdhöhle in dem Morgenlicht entdeckt hatte.

Der Blutverlust hatte ihn geschwächt, die schlaflose Nacht ebenso und nun kam noch Hunger und Durst dazu. Er hatte die Orientierung verloren, kannte sich überhaupt nicht aus in dem fremden, unwegsamen Gelände und fürchtete sich weiter zu verlaufen. Nur in ganz kleinen Radien bewegte er sich noch vorwärts, vermied die Straßen und wusste schließlich nicht mehr, was er machen sollte.

Nach den Stunden mühsamen Umherirrens litt er an Durst, sein Gemüt verfinsterte sich und sein Körper wurde ihm fremd, unheimlich, er wollte ihm nicht mehr gehorchen. Er bemerkte, wie sich sein Bewusstsein erneut vom Körper löste und von oben auf ihn schaute. Verzweifelt und erschöpft fragte er sich, wie er aus diesem Schlamassel hinaus finden sollte.

Er fand keine Antwort, dämmerte endlos dahin, verlor zeitweise sein Bewusstsein, robbte sich Zentimeter um Zentimeter durch das Buschwerk, vorwärts, seitwärts und rückwärts, er wusste es nicht mehr, bis in die folgende Nacht hinein.

Schließlich gab er sich auf.

Am nächsten Morgen fanden ihn die Carabinieri in der Nähe des Unfallortes, an dem er von den Agenten der Polizia vor drei Tagen aufgenommen worden war. Sein klägliches Jammern hatte ihn verraten.

Nur zehn Meter von der Via Torquato Tasso entfernt, hatte er sich an die Stelle herangerobbt, wo er die Ledertasche und seinen Rucksack zurückgelassen hatte. Die Tasche in der einen Hand hinter sich herziehend und auf dem nackten Rücken den Sack geschnallt, kroch er seiner Festnahme entgegen.

Es war, wie er in seiner luziden Traumwirklichkeit, losgelöst von seinem Körper, feststellte, ein letzter, absurder Akt, wie aus einem Bühnenstück von Beckett, den sein von ihm erschlagener väterlicher Freund Hans Töpfer so geliebt hatte.

23. Kapitel

Warum haben Sie denn nun ihren väterlichen Freund Hans Töpfer erschlagen? Reden Sie endlich. Ich kann Sie nicht verteidigen, wenn Sie mir nicht ihre Tatgründe nennen.

Der Pflichtverteidiger, Herr Dr. Grumbach, versuchte bereits seit Tagen bei seinen Besuchen im Untersuchungsgefängnis auf Andreas Schneider einzuwirken.

Seine auffallend hellen Augen in dem schmalen, markanten Gesicht mit hervorstehenden Backenknochen blickten engagiert durch die randlose Brille auf seinen Fall, den er von der Justizbehörde zugewiesen bekommen hatte. Er war jung und voller Tatendrang, hatte seine Karriere noch vor sich.

Mit beiden Zeigefingern trommelte er ungeduldig auf die Tischplatte, ein Geräusch, dass Andro animierte, sich in dem Stuhl zurückzulehnen und die Decke seiner Gefängniszelle ausgiebig zu betrachten. Die acht Quadratmeter Deckenfläche ergaben sich aus den zwei Meter Breite und den vier Meter Länge stellte er zum wiederholten Male fest. Außerdem warf das abendliche Sonnenlicht aus dem hoch liegenden, vergitterten Fenster vier geteilte Streifen an die Decke. Er konnte sein anhaltendes Gähnen nicht unterdrücken, das wiederum das nervöse Fingergetrommmel auf der Tischplatte verstärkte.

Dr. Grumbach bemühte sich wirklich intensiv darum, aus dem Fall schlau zu werden. Er hatte sich in der letzten Woche in die Anklageschrift ordentlich eingearbeitet und war bekannt dafür, in schwierigen Verfahren recht erfolgreich zu sein.

In den vergangenen Wochen hatte Kommissar Petermann den Angeklagten vernommen, war aber leider an der Sturheit von Andreas Schneider gescheitert. Bis auf seinen Namen und sein Geburtsdatum hatte der nichts von sich preisgegeben. Und das

Geburtsdatum differierte auch von den Angaben, die Kommissar Petermann von der italienischen Polizei erhalten hatte.

Es war also ein bis dato aussichtsloses Unterfangen, aber Dr. Grumbach war überzeugt, dass es ihm gelingen würde, den Täter zum Reden zu bringen. Er überlegte im Stillen, mit welchem Ansatz er Erfolg haben könnte und entschied, sich auf den zweiten Totschlag zu fokuszieren, auf die Tat in der öffentlichen Herrentoilette. Unmittelbar zur Sache stellte er deshalb fest, Sie kannten offenbar den Matthias Schneider und wollten ihm eine Lektion erteilen, nicht wahr?

Andro blickte ihn überrascht und verunsichert an, wovon reden Sie? Wer ist Matthias Schneider? Hab den Namen nie gehört.

Stellen Sie sich nicht so dumm, wies der Anwalt ihn zurecht, aus den Akten hier geht hervor, dass Sie mit dem Erschlagenem verwandt waren, er war Ihr Halbbruder.

Dr. Grumbach blickte zufrieden vor sich hin. Das Argument hatte gesessen. Der Angeklagte starrte ihn fassungslos an und schüttelte ungläubig den Kopf, als er schließlich herausbrachte, Halbbruder? Das kann nicht sein. Ich hatte niemals einen Halbbruder, nicht mal einen Viertelbruder! Warum sollte ich denn einen nicht existierenden Halbbruder erschlagen?

Andro schluckte sichtlich erschüttert, aber fasste sich nach kurzer Überlegung, Sie wollen mich aus der Reserve locken mit dieser Lüge. Es wird Ihnen nicht gelingen, dabei setzte er sich mit finsterem Gesicht aufrecht hin.

Sein Gegenüber wartete geduldig auf die nächste Reaktion.

Und wer hat dieses Fake in die Welt gesetzt, fragte Andro verunsichert, steht das dort in den Akten?

Ja, steht da drin, antwortete Dr. Grumbach gelassen, in der ruhigen Sicherheit des Wissenden und deutete auf die Aktenbündel vor sich, es gibt aussagekräftige Beweise von vereidigten Personen, die diese Tatsachen aus alten Unterlagen belegen konnten. Also gestehen Sie, wie kam es zu dieser Verabredung? Warum und wo haben Sie sich getroffen?

Es gab keine Verabredung, polterte Andro los, wir sind uns zufällig in der U-Bahn begegnet und dieser Schuft hat mich angemacht. Er war bereits im Zug aufdringlich geworden und hatte mich gezwungen in die Herren WC-Anlage zu gehen. Dort ist er über mich hergefallen. Es war Notwehr, glauben Sie mir, ich habe Todesangst ausgestanden!

Andro hatte sich in Rage geredet, er sah die geschilderte Situation im Moment genau so vor sich und fühlte, wie die eingebildete Angst seinen Körper beherrschte. Mit ängstlich aufgerissenen Augen blickte er den Anwalt erwartungsvoll an.

In den Videoaufzeichnungen, entgegnete der Anwalt, die Sie ja auch kennen, machen Sie nicht den Eindruck, als seien Sie unter Androhung von Gewalt in diese Anlage gezwungen worden. Sie gingen doch einige Schritte vor dem Mann als erster hinein. Wie erklären Sie den Widerspruch?

Andros Gesicht versteinerte und er stieß hervor, ich sage nichts mehr.

Sie müssen doch zugeben, dass dieser Sachverhalt sehr merkwürdig ist, bohrte Dr. Grumbach weiter, vor allem ist Ihr Einwand unglaubwürdig, dass Sie von keinem Halbbruder wüssten, weil aus den Unterlagen hier eindeutig hervorgeht, dass dieser Mann, der Matthias Schneider hieß, also ihr Opfer, als Heimleiter in den neunziger Jahren für sie zuständig war und Sie beaufsichtigt und versorgt hat. Soll ich Ihnen auch noch den Namen des Heimes nennen? trumpfte der Anwalt auf, während er in den Unterlagen blätterte.

Andro verschlug es erneut die Sprache, ließ sich jedoch nichts anmerken und bot weiter schweigend Paroli. Er hielt sich aufrecht und grinste den Anwalt frech an. Nur seine Nasenflügel bebten von unterdrückter Anspannung, was Dr. Grumbach durchaus registrierte.

Nach einiger Minuten knisternder Stille räumte Andro mit leiser Stimme ein, okay. Ja, ich es gebe zu, ich habe diesen Mann erschlagen. Dann mit kräftiger Stimme, er hatte es verdient. Was wollen Sie noch von mir hören? Es war eine Notwehrhandlung. Und wenn es so wäre, dass diese Person mein Halbbruder gewesen sein sollte, hätte ich genauso gehandelt, presste er mit unterdrückter Wut hervor. Seine Augen blitzten kurz zornig auf.

Dann besann er sich, wenn ich jetzt darüber nachdenke, muss ich zugeben, dass der Typ mir doch irgendwie bekannt vorkam. Leider hatte ich schon immer ein schlechtes Personengedächtnis und abgesehen davon, wäre ich niemals darauf gekommen, irgendetwas mit diesem Schuft gemein zu haben. Im Übrigen war ich 15 Jahre alt, als ich aus dem Heim floh und das ist auch mindestens 15 Jahre her. Das ist eine lange Zeit.

Andro hielt nachdenklich inne, nun ja, gab er brummend zu, Nun ja, da war schon eine gewisse Ähnlichkeit mit einem Mann, der Mathies hieß und der mich jahrelang gequält hatte. Nur, mir ist die Ähnlichkeit in der Situation nicht bewusst geworden. Aber, fügte er empört hinzu, die Geschichte mit dem Halbbruder, die glaube ich nicht, die können Sie für sich behalten.

Dr. Grumbach lehnte sich halbwegs zufrieden zurück, er hatte ihn zumindest zum Reden gebracht.

Gut gut, fuhr der Anwalt fort, wollen wir das mal so stehen lassen. Er machte eine rhetorische Pause, bevor er weiter bohrte. Und wie kam es denn zu dem letzten Mord, den an Ihre alte Wohngemeinschaftsfreundin Irene Laubigtal? Hat sie Sie auch belästigt? Fühlten Sie sich von ihr bedrängt?

Andro blickte aus den zusammen gekniffenen Augen finster auf den Pflichtverteidiger, schwieg, seufzte einmal tief auf und ließ dann seine Augen an den acht Quadratmetern Raumdecke seiner derzeitigen Unterkunft entlang wandern.

Aus seinem Unterbewusstsein tauchten stark widerstrebende Empfindungen auf, die zu chaotischen Bildfolgen führten, Szenen mit Irene in der alten Wohngemeinschaft, dann Angriffe und Missstimmungen bei dem Treffen in Portugal und zuletzt die Bedrohungen und Vorwürfe in der Hütte. Die Filmstreifen rutschten durcheinander wie in einem Kaleidoskop.

Er fühlte, wie eine aufsteigende, unterdrückte Wut seinen Atem einschnürte, als die Szenen ungehemmt Macht über ihn bekamen und sich eine bittere Abscheu über Irene ausbreitete, über ihr Wesen und ihr Verhalten, über ihr so betuliches, fürsorgliches, mütterliches, alles bestimmende Verhalten, so eine brennende Wut, die er nicht herauslassen konnte, weil er keine Luft bekam. So eine Wut auf das, was sie verkörperte und ihm lebenslang versagt worden war. Er fühlte nur den Schmerz seiner verspannten Rippen, eingezwängt, wie ein verschnürtes Paket.

Es war derselbe Schmerz wie damals im Heim, als er seine Wut angstvoll zurückhalten musste, nachdem einige stärkere Burschen in dem Schlafsaal über ihn hergefallen waren, ihn aus dem Bett rissen, auszogen, seine Organe betasteten und ihn vergewaltigen wollten, bis schließlich der Heimleiter endlich dazwischen ging mit dem demütigenden Ausruf, Lasst mir meine Androline in Ruhe! Und das geschah nicht nur in einer Nacht.

Und für diesen zweifelhaften Schutz musste er schließlich sich selbst aufgeben. Wie hatte er damals innerlich gekocht, weil er nicht explodieren konnte und wie verzweifelt allein war er gewesen, als er den sexuellen Lüsten des Heimleiters Mathies immer wieder ausgeliefert war.

Seine Augen kehrten zu dem vor ihm sitzenden Dr. Grumbach zurück, der ihn die ganze Zeit aufmerksam beobachtet hatte.

Es geht Ihnen nicht besonders gut, nicht wahr? kommentierte der Anwalt das, was er glaubte gesehen zu haben.

Ich musste sie umbringen, brachte Andro leise, aber deutlich hervor, sie war zu übermächtig und in dem Moment unerklärlich aggressiv. Sie schlug auf mich ein und behauptete, ich hätte ihre Hunde getötet, so 'n Quatsch. Ich musste mich verteidigen, ich handelte aus Notwehr.

Sie handeln viel aus Notwehr, unterbrach der Verteidiger das Geständnis, war der erste Mord auch aus Notwehr geschehen?

Andros Augen entspannten sich, ein Leuchten zog kurz über sein Gesicht, seine Mundwinkel zogen sich hämisch nach unten, als er endlich von sich gab, diese Frage beantworte ich nicht, aber was ich Ihnen sagen kann ist, ich bin eben ein Notfall.

Angesichts des ungläubigen Gesichtes des Anwaltes, fügte er hinzu, es ist wie es ist. Sie kennen doch sicher den Ausspruch von Nietzsche, werde, wer du bist.

Andro lehnte sich lächelnd zurück und blickte wieder zur Zellendecke.

Epilog

Ach Markus, ich bin dir wirklich dankbar, dass du dich unserer gemeinsamen Geschichte angenommen hast und auch noch den Rest dokumentieren willst. Marga blickte mich aus ihren müden, von kleinen Falten umgebenden Augen an. So abgespannt hatte ich sie noch nie gesehen.

Wir saßen schon eine kleine Weile miteinander in dem Café an einer Straßenecke in Wilmersdorf, das wir, vor Jahren noch als Szenekneipe bekannt, damals regelmäßig besucht hatten. Wir warteten auf Freddie, der neben Verena zum Rest der alten Wohngemeinschaft gehört.

Apropos Verena, von der hatten wir auch schon lange nichts mehr gehört. Wir wussten nicht, ob sie noch lebte, wo sie lebte und manchmal fragten wir uns, ob die Berliner freche Schnauze vielleicht auch ein Opfer von Andros Notwehrattacken geworden war.

Wie viele Jahre hat er eigentlich bekommen? Margas Stimme klang ungewöhnlich matt in der nachmittäglichen Stille des kaum besuchten Cafés.

Wir saßen an einer Stelle, von der wir den Eingang und auch die zum Kunstwerk verschönerte Säule im Blick hatten, an der Stelle, wo wir vor fünf Jahren mit Irene und Hans gesessen hatten, an dem Tisch, an dem Marga und Hans damals versucht hatten auf mich harmoniestiftend einzuwirken, weil ich an dem Abend mit Irene in einen handfesten Streit geraten war.

Du weißt doch noch, redete Marga nun auf mich ein, wie wütend du aus dem Lokal gelaufen und nach einer halben Stunde reumütig zurückgekehrt warst?

Ich nickte zustimmend, ja, ich erinnere mich, die Irene konnte einen schon wütend machen, sagte ich, und so ganz absurd ist es nicht, sie im Affekt zu erschlagen. Vielleicht hätte ich das auch getan, wenn ich mit ihr zusammen geblieben wäre. Freddie war da der richtige Partner für sie mit seinem Langmut und seiner stoischen Gemütsart. Sie wären bestimmt ein filmreifes Seniorenpaar geworden; ich lachte ironisch vor mich hin.

Schau mal, wies ich mit der Hand nach draußen, wenn man vom Teufel spricht, ist er nicht weit, da kommt er schon, der gute Freddie.

Freddie ging schon seit Monaten in schwarz. Was er machte, machte er konsequent, und zurzeit trauerte er um seine Irene.

Nach gegenseitigen Umarmungen und Beileidsbezeugungen nahmen wir drei an dem kleinen runden Marmortisch Platz und Marga brachte ihre Frage erneut vor.

Wie viele Jahre hat Andro nun bekommen?

Ich hielt mich diplomatisch zurück, um es dem schüchternen Freddie zu erleichtern bei uns anzukommen.

Soweit ich weiß, begann Freddie, hatte er lebenslänglich bekommen, aber er wird bei guter Führung nach 15 Jahren frei sein, dann ist er 45 Jahre alt.

Huch, tönte Margas Stimme schrill, dann ist er so alt wie ich es jetzt bin. Was für ein merkwürdiger Zufall.

Jaja, mischte ich mich ein, diese ganze Geschichte scheint mir wirklich aus lauter merkwürdigen Zufällen zu bestehen. Wenn ich daran denke, wie oft ich beim Niederschreiben den Kopf geschüttelt habe, dann...

Ich konnte den Satz nicht beenden, weil Marga mit einer ungewohnt gebrochen klingenden Stimme dazwischen drang, dann wirst du noch ein paar Mal den Kopf schütteln, wenn du heute Nachmittag den Rest der Geschichte erfährst.

Entgeistert schauten wir beide auf die Frau an unserem Tisch, die heute so ganz anders aussah, gar nicht so attraktiv berauschend wie sonst immer, sondern mitgenommen von dem Leben, mit unendlich traurigen Augen voller Leid, von dem wir noch keine Ahnung hatten.

Marga gab sich einen Ruck, bevor sie sich aufraffte, ich habe euch ja noch nie von den alten Briefen erzählt, die mir mein Vater hinterlassen hat und, die ich nur gelesen habe, weil Kommissar Petersen mich dazu veranlasst hat. Sonst lägen sie immer noch in dem alten Karton, eingestaubt auf dem Dachboden und ich wäre noch die alte unbedarfte Karrierefrau.

Sie atmete noch einmal tief ein, bevor sie weiter ausholte, es waren fünf prall gefüllte Aktenordner in dem Karton, die nun bei mir Zuhause einen Ehrenplatz in dem Bücherregal haben, weil sie meine Familiengeschichte enthalten. Wenn ich es recht bedenke, habe ich von dem Hintergrund meiner Herkunft erst durch den Totschlag meines Stiefbruders erfahren.

Freddies Augen waren bei ihren letzten Worten riesig groß geworden und ich staunte auch nicht schlecht. Überrascht lehnten wir uns über die Tischplatte, als wir, wie aus einem Munde riefen, was sagst Du?! Dein Stiefbruder ist erschlagen worden? Hattest du denn einen?

Marga nickte stumm und ihre Augen füllten sich mit Tränen, als sie traurig hinzufügte, ich habe sogar noch einen.

Sie fasste sich, setzte sich aufrecht hin und gab ihrer Stimme, wie es ihre Art war, eine sonore Festigkeit, um sich durch die Sprache von der Vergangenheit zu befreien.

Mit ungläubigem Staunen hörten wir die Geschichte aus den Pariser Anfängen, in denen Margas Vater als Student mit einer Französin einen Sohn gezeugt hatte, den Matthias Schneider, von dessen Existenz auch Marga bis zu dem Zeitpunkt der Nachforschungen durch die Kriminalpolizei nichts gewusst hatte.

Sie erzählte alle die Einzelheiten, die wir bereits kennen, die Kommissar Petersen mit Mühe aus ihr herausgebracht hatte und auch die Passage aus der Jugend ihres Stiefbruders, die sich

Marga aus den Briefen und Unterlagen ihres Vaters zusammen gereimt hatte.

Jaja, so war das, beendete sie den Bericht, dabei schaute sie verständnisheischend auf uns, die alten Mitstreiter der WG.

Obwohl sie sich sichtbar ermüdet zurücklehnte, fuhr sie fort zu berichten, mein Vater hatte sich in späteren Jahren rührend um diesen Sohn gekümmert, hatte für eine gute Schulausbildung gesorgt und dafür Geld gegeben, aber dann war der Kontakt abgebrochen. Es gibt nur noch einzelne Briefe, die er sporadisch an seine erste Liebe geschrieben hatte. Leider habe ich von Ihr keine Briefe gefunden.

Dann kramte Marga in ihrer Handtasche und holte mit spitzen Fingern einige Papiere heraus, die sie offenbar besonders berührten, da sie sie mit zitternden Händen entfaltete.

Ich möchte euch, wenn es recht ist, einen Brief vorlesen. Vielleicht bekommt ihr dann einen Eindruck, warum ich meinen Vater bisher so verehrt habe.

Meine liebe Françoise.

Ganz herzlichen Dank für Dein letztes Schreiben. Es ist jedes Mal herzbewegend, dass Du noch an mich denkst und Dir die Zeit zum Schreiben nimmst, von der Du so wenig hast, weil Du so hart arbeiten musst.

Ich sende Euch per Postanweisung noch einmal 300 DM für Dich und den Sohn. Es hat mich ganz traurig gemacht, dass Du so viele Probleme mit Matthias hast. Ich würde Dir gerne helfen, aber ich komme leider hier nicht aus dem Schulalltag raus und einer muss ja auch richtig Geld verdienen.

Ich hätte nie gedacht, dass sich Mathias schon in der Pubertät so politisieren würde. Aber bei Euch in Paris ist wohl durch die Studentenrevolte viel im Umbruch. Natürlich ist es sehr schlimm, dass er durch diese Akteure an Drogen kommt, die von den 68er nicht nur bei Euch im Übermaß konsumiert werden.

Ich hoffe mit Dir von ganzem Herzen, dass er von dieser Abhängigkeit loskommt und noch seinen Schulabschluss macht.

Ich trauere unserer so außergewöhnlichen Beziehung immer noch nach und schwöre Dir freundschaftliche Treue solange ich lebe.

Dein Dich verehrender
Anton
PS. Ich soll Dir schöne Grüße von Hans bestellen.

Marga faltete den Brief zusammen und wollte, mit tränenverhangenen Augen erwartungsvoll aufblickend, einen zweiten Brief entfalteten, als wir uns peinlich berührt verdutzt anblickten.

Freddie traute sich, mit einer Handbewegung Einhalt gebietend, zu bemerken, willst du etwa noch mehr von diesem melodramatischen Zeug vorlesen? Ich bin derzeit, wie du dir denken kannst, nicht in der Stimmung für solche Ergüsse.

Sie zuckte beschämt zusammen, hüstelte und erklärte mit hochgezogenen Augenbrauen, naja, wenn ihr das nicht hören wollt, lese ich es natürlich nicht. Ich dachte nur, da es so ein altmodischer Stil ist, der mir zu Herzen geht und ein wenig die alte Zeit beschreibt, als man noch höflich und zuvorkommend zueinander war, wollte ich euch das nicht vorenthalten.

Die Situation war ihr selbst auch peinlich geworden, denn sie errötete, atmete einmal tief durch und ihr Gesichtsausdruck entspannte sich.

Eine kurze Weile saßen wir schweigend zusammen, bis Freddie sich überwand und vermittelnd das Gespräch wieder aufnahm, vorhin hattest du beiläufig einem zweiten Stiefbruder erwähnt, Marga, was hat es denn mit dem auf sich?

Überrascht sah Marga Freddie an, zögerte und gab dann zu, das war wohl die größte Entdeckung, die ich aus den Briefen herausgelesen habe, aber dazu muss ich noch ein wenig aus meiner Lebensgeschichte erzählen, nur kurz, die wichtigsten

Momente. Sie wartete noch auf mein Hm und auf das Nicken von Freddie, bevor sie begann.

Sechs Monate bevor ich geboren wurde im Jahre 1970, hatte Vater meine Mutter geheiratet. Es war eine wahre Liebesheirat, Elise und Anton, ein Traumpaar, die ehemalige Tänzerin und der würdevolle Studienrat, beide gleichaltrig, Mitte 30. Sie müssen eine schöne Zeit in der großen Wohnung in Wilmersdorf verlebt haben, jedenfalls zeugen die Tagebuchaufzeichnungen, die mein Vater gemacht hatte, davon und auch einzelne Briefe, die sie in der Zeit einander geschrieben haben, als es meiner Mutter nicht gut ging und sie Kuraufenthalte in Baden Baden machen musste. Ich kann mich nur dunkel daran erinnern, weil dies alles in ihren letzten Jahren durch hysterische Zusammenbrüche und schließlich ihren Fenstersturz überschattet worden ist.

Marga hielt inne, strich über ihre Haare und verlor sich einige Minuten in Erinnerungen, bis sie zum Bericht zurückfand.

Wir, also Vater und ich lebten mehrere Jahre ohne eine Frau im Haus, nur mit wechselnden Angestellten, bis er mit einer jungen, nervigen Hysterikerin, an die ich mich nur dunkel erinnere, auf und davon ging und mich der Obhut seines Halbbruders überließ. Ich hörte dann einige Jahre nichts von ihm, aber als ich 14 wurde, kehrte er zurück und übernahm ohne Erklärungen wieder seine Vaterrolle. Merkwürdig, nicht wahr? Wenn ich das jetzt so verkürzt erzähle, kann ich es auch nicht fassen. Sie schüttelte ihren Kopf, als könne sie die Fakten noch immer nicht glauben.

Gedankenverloren blickte sie auf ihre Zuhörer, bis sie die Stille bemerkte und weitersprach, aus den Aufzeichnungen und Briefen entnahm ich erst jetzt, dass er in Südfrankreich mit dieser Frau einige Jahre zusammen gelebt und mit ihr ein Kind, einen Jungen gezeugt hatte. Das hat mich völlig aus der Bahn geworfen, das könnt ihr mir glauben.

Sie wandte sich ab, um ihre Tränen zu verbergen, die an ihren Wimpern glitzerten. Aber dann konnte sie nicht mehr, schüttelte sich in einem Weinkrampf, der sie hin und her schleuderte. Freddie sprang auf und legte seine Arme um sie. Er streichelte beruhigend ihren Rücken.

Die wenigen Gäste des Cafés sahen neugierig zu unserem Tisch hinüber.

Danke, sagte Marga leise schluchzend und schüttelte sich wie ein Hund, der aus dem Wasser kommt, als könne sie so ihre Trauer wegschleudern.

Ich hatte die Szene wie ein Unbeteiligter beobachtet und war überrascht von der Wirkung ihrer Selbsttherapie, denn in weniger als einer Minute saß sie wieder in alter Form auf ihrem Platz, warf ihre gewellten, braunen Locken nach hinten und zwang sich zu einem Lächeln.

Alles wieder vorüber, gab sie noch angestrengt mit schmalen Mund von sich, ich lese euch jetzt den Brief der Frau vor, also eigentlich der um 15 Jahre jüngeren Stiefmutter, dessen Inhalt mich eben in Gedanken wieder umgehauen hat.

Mon cher Anton, Marga unterbrach sich, ich habe den Schrieb aus dem Französischem schon vor einigen Wochen zum eigenen Verständnis übersetzt.

Also weiter, ich flehe Dich an, komm sofort zurück zu mir. Ich kann nicht ohne Dich sein. Dein Kind, dein Junge, ruft auch immer nach dir. Wir brauchen Dich. Du bist für uns verantwortlich, verantwortlich für die Situation, in der ich stecke mit einem Jungen, der gar kein Junge ist oder, wie es die Leute sagen, mit einem Mädchen, das gar kein Mädchen ist. Du hast mich mit einem androgynen Zwitter sitzen lassen. Wenn du nicht kommst, stürze ich mich mit dem Kind vor einen Zug.
Karla

Kopfschüttelnd und schweigend hatten wir ihren Worten gelauscht. Was sollten wir auch dazu sagen.

Marga, aufgewühlt, berichtete empört weiter, diese Karla hat noch mehr solcher Briefe geschrieben, aber es gibt keinen Brief meines Vaters, keine Antwort, vielleicht hatte er seine Briefe nicht kopiert, wie er es bei anderen machte. Ich vermute eher, er hat es drauf ankommen lassen und gar nicht geantwortet.

Du meinst, wandte Freddie ein, er wollte sich gar nicht um sie kümmern? Sie sich selbst überlassen?

Marga bemerkte mit den Schultern zuckend, vermutlich hatte er endlich begriffen, er müsste sich entscheiden, sich um seine alte noch existierende Familie kümmern, zu der er doch zurückgekehrt war. Das war doch mein Glück. Aber dieses kindliche Glücksgefühl ist jetzt nach allem was ich weiß, zu einem Gefühl der Trauer und Wut umgeschlagen. Das Bild des verehrungswürdigen Vaters liegt zersprungen in Scherben auf dem Boden, und ich würde am liebsten mit den Schuhen darauf herum trampeln, um es weiter zu zerstören.

Sie schrie die letzten Sätze heraus, sodass einige Caféhausbesucher sich zu uns umdrehten und aufstehen wollten. Sie bemerkten jedoch, dass Margas Gefühlsaufwallung bereits wieder abebbte.

Als gute Schauspielerin, konnte sie schnell von einem Gefühl in ein anderes schalten und in die Realität zurück finden.

Es gibt, erklärte sie, einen Brief an seinen Halbbruder, in dem mein Vater ihn um Hilfe bittet, er möge nach Karla und dem Kind schauen und sie unterstützen.

Plötzlich unterbrach sie sich, besann sich und rief, Bedienung! Bitte einen Whisky auf Eis! und zu den Freunden gewandt, ich brauche jetzt eine Stärkung. Wollt ihr auch eine? Da wir nickten, bestellte sie, also, bitte 3 Whiskys auf Eis!

Die Bedienung war schnell, brachte die gut gefüllten Gläser und wir stießen auf die Zufälle des Lebens an.

So weit so gut, warf Freddie in das anschließende Schweigen ein, aber wie ging die Geschichte mit der Rumpffamilie in Südfrankreich weiter?

Darüber gibt es in den Unterlagen meines Vaters nichts, aber von seinem Halbbruder, der sich schon sporadisch um die beiden kümmerte, weiß ich, dass die Frau sich wirklich das Leben nahm und das Kind mit 2 Jahren in ein Heim kam, in ein katholisches Kinderheim, in dem Heim, das mein Halbbruder Mathias einige Jahre später leitete.

Ist das nun wieder einer dieser merkwürdigen Zufälle, wollte ich wissen, aber Marga schüttelte ihren Kopf.

Ich vermute eher Vaters Halbbruder dahinter, der aus irgendeinem Grunde seine Aufgabe darin sah, zerstörte Familienskripte zu heilen. Jedenfalls hatte ich, als ich ihn Jahre später kennen und lieben lernte, den Eindruck, einen geborenen Therapeuten in unserer Familie zu haben. Dabei war er ja eigentlich kein besonderes Vorbild, denn sein Geld hatte er vorwiegend in einem halbseidenen Milieu gemacht.

Wir sahen sie ratlos an, wagten aber nicht weiter zu fragen. Sie würde uns schon noch alles erzählen.

Naja, Marga verzog ironisch ihren Mund, was alle Männer meiner Familie miteinander verband, war eine große Sehnsucht nach ausgiebiger Heterosexualität.

Sie verstummte und ihre Augen wurden wieder feucht, als sie nach Minuten fast flüsternd sagte, diese Sehnsucht war wohl die Ursache für das ganze Drama, in dem ich als die einzige übrig bin.

Aber Andro lebt doch auch noch, warf Freddie ein.

Ich kann mir nicht vorstellen, stieß sie hervor, ihn nach 15 Jahren in die Arme zu nehmen, ihn zu vergeben, nachdem er meinen Halbbruder Mathias und meinen Onkel Hans erschlagen hat.

Einen Moment waren wir sprachlos, dann fasste ich mich als erster.

Marga! fast schrie ich ihren Namen, willst du damit sagen, dass der Hans, den wir alle kannten und in dessen Wohnung wir zusammen gelebt haben, dein Onkel war? Das ist doch unmöglich! Das kann ich nicht glauben, entfuhr es mir, als sie nickte.

Ja, so ist es, so war es, Hans war der Halbbruder meines Vaters und er hatte sich viele Jahre um alle gekümmert, ohne seine wahre Identität preiszugeben. Keiner wusste es, Mathias nicht, Andro nicht. Und ich selbst auch nicht, nicht mal als ich mit euch in die große Wohnung in Schmargendorf einzog, in diese Wohnung, die Hans von meinem Vater als Erbe übernommen hatte.

Erinnert ihr euch noch, fügte sie hinzu, dass Andro bereits dort lebte, als wir einzogen? Hans hatte ihn als Obdachlosen, als Streuner von der Straße geholt und bei sich aufgenommen.

Das ist ein Ding, war Freddies Kommentar, so viele Zufälle gibt es im Leben doch niemals.

Es war dann auf dem Weg zu meiner gemütlichen 60er Jahre Wohnung, als sich mir die Frage aufdrängte, was wohl geschehen wäre, wenn Hans nicht seinen fürsorglichen Anlagen gefolgt wäre. Wäre Andros Leben ohne die helfend eingreifende Hand seines Onkels anders verlaufen?

ENDE

Zeitfracht Medien GmbH
Ferdinand-Jühlke-Straße 7
99095 Erfurt, Deutschland
produktsicherheit@kolibri360.de